反派千金監獄漫活人生 下

Slow Life of a Young Lady in Prison, Triggered by Breaking Off the Engagement

著 山崎 響
Written by Hibiki Yamazaki

畫 鍋島テツヒロ
Illustration by Tetsuhiro Nabeshima

Kadokawa Fantastic Novels

Slow Life of a Young Lady
in Prison, Triggered by
Breaking Off the Engagement
Second volume

第6章

永別了，賽克斯

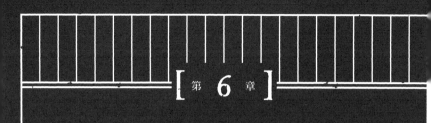

29 【千金小姐在地下室舉辦演奏會】

「難道就沒有什麼辦法可想嗎？」

艾略特王子的憤怒今天依然難以平復。

固守在地牢裡的前未婚妻一再把自己當傻瓜耍。如果不設法報一箭之仇，實在難消他心頭之恨。

……他起初的目的理應是要讓千金小姐向自己求饒，卻在不知不覺間發展成這種情況。目標越來越低……這不像話的部分，他決定當作沒這回事。

活在當下，這就是艾略特。

前些日子，被艾略特任命為參謀的公爵家公子喬治·佛格森，基於不得已的理由脫離了艾略特的侍從團。

原因是他被結束視察旅行歸來的未婚妻逼著優先接受繼承人教育，每天從早到晚都被未來的妻子嚴厲壓榨。

喬治憔悴不堪的模樣，令艾略特等人不禁為之掬一把同情淚。

獄卒
prison guard
瑪格麗特・波瓦森
Margaret Poisson
沒有樂譜，
也沒有作為主題的曲目。
波蘭斯基
Wolanski
即興創作出來的旋律
增幅並籠罩住六人，
一首全新曲子就在
不知不覺間誕生了。
艾略特
Elliott

「別逃！
我要把妳剁得比接濟貧民的
燉菜肉片還要薄！」
瑪蒂娜・伊凡斯
Martina Evans

「誰要被煮來吃啊～！
我跟廉價豬肉每公斤的
單價可不一樣！」

「嗨～～小貓咪們。」
亞當
Adam
「亞當！亞當！
亞當——！！」

「呀啊啊啊啊啊啊啊啊啊！」
「妳們給我適可而止，否則……！」
「欸，聽我說話……」

INDEX

這也是無可奈何的事……只不過……

喬治的未婚妻很有可能是艾略特的宿敵蕾切爾．佛格森為了解決喬治而找來的刺客。竟然能將令目標（喬治）抬不起頭的對象納為夥伴，那傢伙究竟使了什麼骯髒的手段？

為了世界和平及與瑪格麗特的燦爛未來，無論如何都得讓蕾切爾啞口無言——艾略特再度下定決心。

話雖如此——

對手總是先發制人，自己至今為止從未贏過。即使跟侍從們開會討論，也完全想不到好主意。畢竟要是真能想到，他早就打敗蕾切爾了。

就在眾人低聲沉吟時，瑪格麗特端著泡好的茶走了過來。

「大家請用茶～」

「哦，謝謝妳！」

就在男生團過來享用「我們的天使」泡的茶時，瑪格麗特看向謄寫會議紀錄用的紙張。

「艾略特殿下，想不到什麼好點子嗎？」

「是啊，完全沒有頭緒……總覺得不管採取什麼攻勢，對方都能加以反擊……」

王子殿下不戰而潰。

瑪格麗特在來回看著進攻計畫與遭對方攻擊的內容清單時，指了其中一行。

「艾略特殿下，不需要勉強想新方案，而是改良蕾切爾小姐做過的事來反擊，如何？這是蕾切爾小姐想得到的極限吧，如果加以擴大後還治其身，她應該就無計可施了吧？」

瑪格麗特無心的提議令艾略特拍了大腿。

「就是這個！」

王子殿下也察覺得太遲了。

身為未來的執政者，艾略特暴露出令人相當不安的特質，但眾人仍高興地討論起計畫。

⚜

蕾切爾一如往常地悠閒度過怠惰的一天後，心想著差不多該睡了，開始準備床鋪。

「嗯。」

當她正準備在枕頭上滴點薰衣草精油時，上方傳來開門聲，眾多訪客嘈雜地走下石階。

不用說也知道，是王子殿下一行人。

「哎呀，真難得，竟然在這種時間造訪。」

「哈哈哈，我來打擾啦，蕾切爾！」

「真的十分擾人呢。」

明明已經是晚上了，艾略特卻莫名有精神，這令蕾切爾感到納悶。

不，情緒莫名高昂，大概是因為腦子那個吧……不過他不知為何拿著看似小提琴的東西。不對，那正是小提琴。

跟在他身後的賽克斯扛著兩個木桶。

而賽克斯後方的瑪格麗特搬來大量的鍋子。

她身後不知道叫什麼名字的傢伙則捧著一大籃空罐。

最後面一臉厭煩的獄卒不知為何拿著三角鐵。

蕾切爾將手抵在額頭上。

「我實在看不出來你們在做什麼。」

「唔哈哈哈哈，蕾切爾，妳覺得是什麼？猜猜看啊！」

「……在做資源回收嗎？」

「那是王子該做的工作嗎？」

「沒事每天跑來地牢也不是王子該做的工作吧。」

怪異的一行人就這樣在地牢前側的房間排列起手中的破銅爛鐵。

蕾切爾看了配置後，也明白了他們的意圖。鍋子的排法就像是鼓組。

「原來如此……打算不讓我睡覺是嗎？」

艾略特揚起嘴角，洋洋得意地夾好小提琴，以裝腔作勢的口吻向蕾切爾宣布：

「我們想在夜裡進行合奏練習，不過找不到發出聲音也無所謂的地點，於是想到如果在地牢裡，就算發出驚人聲響應該也沒關係。我們練我們的，妳想睡覺也無所謂喔。」

艾略特又露出「成功啦！」的表情接著說：

「啊，如果妳想欣賞當然也可以喔，希望妳聽完後說說感想。」

最後，所有人怎麼看都像在炫耀似的戴上耳塞後，準備好各自的樂器（？）。

艾略特的小提琴發出彷彿上百年沒使用過的生鏽鐵門般刺耳的尖銳聲響。

賽克斯使出吃奶的力氣痛毆木桶，發出震天價響的噪音；瑪格麗特用棒子敲打排列好的鍋子，金屬碰撞發出尖銳的聲音。

在準備時被人稱作波蘭斯基——相信這是他的名字——的傢伙，胡亂甩動綁著繩子的空罐；視線飄遠的獄卒則是在奇怪的時機敲響三角鐵。

毫無秩序可言的噪音在地牢裡迴盪。單是各種刺耳噪音響起，即使戴著耳塞也難聽得令人鼓膜疼痛。

「這出乎意料地有趣啊！」

「唔哈哈哈哈哈哈哈哈哈！」

「請問，我有存在的必要嗎……」

獄卒喃喃自語的聲音過小，很遺憾地傳不進任何人的耳中。

蕾切爾戴上午睡用的耳塞後，安分地坐在椅子上欣賞。

雖然她什麼也沒說這點令人感到不安，不過相較於平時總會迅速反擊，她保持沉默的模樣令艾略特愈發愉快。

「再加把勁吧！」

「喔喔——！」

「請問……已經是下班時間，我想回家了耶……」

「哈哈哈，今晚要徹夜演奏！」

不過，艾略特有一點沒有算計到。

即使打算胡亂敲打，人類只要長時間敲著某樣東西……還是會不由自主地產生節奏。

就算原本想發出毫無意義的驚人聲響，只要一直持續演奏下去，就會下意識地產生規律的聲音。

逐漸地……沒錯，毫無秩序可言的噪音漸漸產生了旋律。

原本閉著雙眼聆聽的蕾切爾突然站起身。

她在木箱山裡翻找，折返時手上拿著小號。正是在某天夜裡以優雅的高分貝吵醒艾略特的……那支小號。

如同曾經對著月亮吹奏一般，少女將小號抵在脣邊。她沉睡似的閉上眼，將空氣吸滿肺部後，靜靜地將第一口氣息吹進銅管樂器。

……原本充斥著噪音的地下空間流洩出一道令人靈魂為之震顫的優美音色。

這一刻撼動了歷史。

在這群人當中，唯一具備音樂涵養的恐怕只有蕾切爾。

由於她的參戰，使得各自為政、強調自身存在的樂器（？）聲音產生了方向。

藉由作為根基的旋律誕生，眾人已經開始出現節奏的演奏（？）被吸往同一個流向。如同配合蕾切爾的小號，小提琴改變了旋律起伏；敲打鍋子的節奏也隨之改變。

回過神來，六人演奏樂器（？）的步調逐漸合而為一，轉變成重疊而無法分割的微妙合奏。隱約夾雜著不協調音的演奏令人焦躁。

眾人原本只是想製造令人不悅的噪音，現在卻不知為何拚命側耳傾聽並尋找節奏，試圖讓聲音和諧。

「……嗚，我明明才是主調！這樣下去會被蕾切爾吞噬！」

艾略特拚命拉著小提琴，發出貓抓玻璃還比較好聽的聲音，堅決不讓半途參戰的蕾切爾奪走樂團的主導權。

王子殿下已經完全遺忘自己當初的目的，只為了奪回主旋律地位而持續向小號挑戰。

蕾切爾的小號以滿溢的靈魂劇烈吶喊著。

艾略特的小提琴充滿熱情地熾烈轟鳴；賽克斯敲打木桶的鼓槌則敲打出無憂無慮的高昂節奏。

瑪格麗特的鍋組（鼓組）在間奏時的華麗獨奏令人著迷；波蘭斯基陶醉其中地使勁揮舞著整串空罐。

而負責收尾的，則是滿臉寫著好想趕快回家的獄卒那毫無幹勁的三角鐵。

完美。

真是一場完美的演奏。

彼此強烈的個性碰撞，互相抗衡的同時形成融合的音色。

沒有樂譜，也沒有作為主題的曲目。即興創作出來的旋律增幅並籠罩住六人，一首全新曲子就在不知不覺間誕生了。

沒有聽得入迷的觀眾，也沒有人記下樂譜。有的僅是充盈此時此刻的剎那間的靈魂。

「五人」就這樣暫時通體舒暢地沉浸在這無法重現的一曲之中。

而獄卒只想趕快回去。

就在他們抵達忘我境界的瞬間。

「吵死人了！你們以為現在幾點啊！」

侍女長的怒吼傳了過來。

「殿下，請您適可而止！想玩是無所謂，但您又不是小孩子了！至少該明白王宮裡住了許多人吧？」

侍女長從驚恐萬分的艾略特手中搶走小提琴。

「不……不是，我……」

「在下！」

「是！……在……在下並沒有那個意思……」

「您在大半夜擺了破銅爛鐵玩起樂團遊戲，這件事本身就很有問題了！」

「對不起！」

賽克斯從旁插嘴：

「不……不過，侍女長，殿下是為了給蕾切爾小姐……」

一點教訓——他原本想這麼說。

但侍女長嘆了口氣後點點頭。

「沒錯，還有這一點！就算地牢的隔音效果可能不錯，但是就不能替被關在這裡，可憐的佛格森小姐著想嗎？瞧，她甚至得用棉被掩蓋住頭，真是可憐……」

「咦？」

經侍女長一說，眾人同時回頭一看，只見剛才還在熱情地吹奏小號的蕾切爾已經鑽到床上縮成一團了。

「啊，不但被關在這種地方，甚至還遭受如此過分的刁難，真是可憐……」

「不不不，等等！蕾切爾直到剛才……」

就像要否定王子的辯白，蕾切爾探出頭來，噙著淚水傾訴：

「侍女長……嗚嗚……我很想睡覺，但是殿下等人闖了進來……」

「妳……妳這傢伙！只有妳一個人假裝事不關己，太詐了！」

「嗚嗚嗚……我好難受喔……」

「哎呀～～！殿下！佛格森小姐在大半夜受到這種對待，您都不覺得她很可憐嗎？」

「呃，就說了，這傢伙明明也興致勃勃地……」

「看到她這副模樣，您怎麼還好意思說出這種話來！到樓上去，我要好好訓誡一番！」

「是真的！相信我！」

「咦？連我們也要？」

「我也要嗎！為什麼？我想回家啦！」

「給我閉嘴！」

就這樣，除了蕾切爾以外，臨時成軍的樂團團員全被帶走，強制參加侍女長訓誡到天亮的課程。

⚜

地牢再度恢復寧靜，到剛才為止的事情簡直就像謊言一般。

蕾切爾無奈地調整好枕頭，輕輕熄了燈。

30【千金小姐做運動】

蕾切爾從書上抬起頭，側耳傾聽微微傳來的聲音。

「這是……騎士團在訓練嗎？」

從換氣窗外隱約傳來某人在相當遙遠的地方發號施令的吶喊聲。

由於距離太過遙遠，聽不出對方在喊什麼，不過蕾切爾一邊聽著，突然想起了某件事。

「這麼說來……最近都沒運動呢。」

自己原本在生活中也不熱衷運動，不過因為時常在宮裡走動、接受王妃教育時被壓榨，運動量與現在完全足不出戶的情況相比大上許多。

雖說她並不覺得自己會因為運動量不足而發胖……

「搞不好最近睡眠比較淺，也是因為運動不足。」

卻對重要的睡眠造成了影響。其實睡太多或許也是原因之一。

蕾切爾「唔……！」地鼓起臉頰，可愛地瞪向半空。

「說得也是……畢竟只是待在牢房裡，完全不會感到疲倦啊。」

她現在的確沒有在活動筋骨。只不過如果是普通人，應該會感覺到精神疲憊就是了。

而毫無疲憊跡象，生龍活虎的蕾切爾覺得自己不注意健康而嘆了口氣。

「這可不行……還身為殿下未婚妻的時候，我明明每天都因為王妃教育疲憊不堪，一躺進被窩五秒鐘就會失去意識呢。」

這樣也不太健康。

蕾切爾輕輕拍了大腿。

「對了，我之前也預想到會有這種情況，準備了能在牢裡使用的運動器材嘛。」

她試著打開木箱找出準備好的運動用品。

「呃～我記得當時似乎因為覺得有趣而買了什麼……嗯，是這個吧。」

⚜

艾略特前往鼓勵參加騎士團訓練的賽克斯後返回，走在長廊上時，聽見後院傳來奇怪的聲響。

「欸……你們有沒有聽見某種喀哩喀哩的聲響？」

跟在王子身後的賽克斯與波蘭斯基也豎起耳朵，接著面面相覷。

「確實聽見了……不過，這是什麼聲音？」

「感覺像是在刨削岩石的聲音啊。」

賽克斯以直覺尋找聲音來源……抵達了地牢前方。走到這裡，就能清楚聽見牢裡洩出刨削著某種東西的聲響。

「……喂，又是那傢伙嗎？」

「只要在後院附近發生什麼怪事，都可以肯定與蕾切爾小姐有關，不會錯。」

眾人抱著「她絕對不是在做什麼好事」的確切想法走下石階，就看見蕾切爾正拿著一把手搖鑽，喀哩喀哩地鑿著石牆。

「喂，蕾切爾。」

「哎呀，是殿下啊。請問有何貴幹？」

似乎正好告一段落，蕾切爾轉過頭來擦拭額頭上的汗水。

蕾切爾穿著可以看見手腳，暴露程度較高的單薄衣裳，再加上正在用鑽子在石牆上挖洞而滿身大汗，展現出令男人們有些難以直視的模樣。

「就算不會有人看到……妳這副模樣還真是……」

「哎呀，因為我正在運動，才會換上方便活動的服裝。」

她這麼一說，艾略特等人就看向她的手邊。

「……喂，賽克斯，最近流行什麼刨挖石頭的運動嗎？」

「既然蕾切爾小姐會這麼做……就表示應該有吧？」

「為什麼在牢裡的囚犯會知道外頭流行什麼啊？」

三人小聲講悄悄話後，將視線移向蕾切爾，只見她以毛巾擦拭臉頰並露出傻眼的表情。

「又不是石匠競賽，我從沒聽說過那種運動喔……」

「咦……？但妳剛才說在運動……妳到底在做什麼……」

艾略特再次看向蕾切爾手邊，只見她放下手中的鑽子，拿起某種突起物裝上石牆。

那是能以手掌包覆的物體，看起來跟半埋在土裡的小石頭有點像。物體正中央插著類似木樁的東西，蕾切爾拿起鎚子將它敲進剛才所鑿的洞裡。

定睛一看，整面牆上裝滿了那種形狀各異的物體。

「這是什麼？」

原本如圍牆般以石頭交錯堆砌而成的牆面上釘著異樣突起物。若要舉例，那看起來就像是被海浪來回拍打的大岩石上吸附著滿滿的海星，外觀乍看之下有些噁心。

似乎是把想做的事情做完了，蕾切爾回答艾略特的問題：

「這是把手點。」

「……把手點？」

蕾切爾在手掌灑上看似石膏粉的粉末，一邊抓住釘在牆上的突起物，做出攀上牆壁的動作。

「好，沒問題了！」

蕾切爾自顧自地下結論，露出燦爛笑容。

「不，我完全看不懂妳在做什麼。」

而艾略特則有種被放置不管的感覺。

蕾切爾在手掌灑上白粉，並用手指攫住或腳尖踩住突起物，攀上牆壁。從蕾切爾嘗試的動作看來，這似乎就是她所謂的「運動」。

「說到底，妳到底在做什麼？」

「這叫攀岩！」

蕾切爾自信滿滿地說著，艾略特將視線從她身上移往賽克斯。

「你聽過嗎？」

「那是不用工具，徒手攀爬巨岩的競賽，或者該說技術嗎……不過，這說起來根本不是會在牢房裡做的運動吧……」

賽克斯傻眼地不知道該說什麼，蕾切爾則點頭附和。

「就是說啊……畢竟這座牢房的高度不太夠。」

「呃，就說了，問題不在那裡吧？」

蕾切爾在意方向完全錯誤的問題，令賽克斯實在無話可說。

蕾切爾放著啞口無言的賽克斯不管，「靈光一現」似的拍了手。

「對了！殿下，可以把天花板打通挑高嗎？」

「當然不行！真要說起來，也不准妳擅自在牢房牆上挖洞！妳要怎麼處理啊……竟然在整面牆上鑿洞裝上怪東西……」

「這才不是怪東西，是把手點。」

「叫它『怪東西』就夠了！不准擅自改造牢房！」

面對艾略特的指責，蕾切爾無奈地噘起嘴。

「在我作畫時，您明明還笑著欣賞……」

「妳、說、誰、笑著欣賞了？我當時可是因為惡臭昏過去了！」

「哎，說起來作畫那次也是，如果不准，您要記得先說啊……在我完工後才不允許的話，我也無可奈何。」

「既然這樣，妳就先來取得同意再動手！不准妳一句『無可奈何』就算了！妳離開地牢時一定要給我恢復原狀！」

「反正我會被關到死為止吧？死後的事我可不知道。」

「還有乖乖賠罪就能出獄這個方案啊！」

「我拒絕。」

由於蕾切爾完全不當一回事，在她開始練習後，怒吼到疲倦的艾略特等人就有氣無力地走出地牢。

⚜

艾略特「唉——」地嘆了口氣，眺望開始出現一抹紅暈的天空。

「欸，賽克斯……」

「……什麼事，殿下？」

艾略特仰望著天空，腦子裡卻在反芻剛才的景象。

「身穿單薄衣物運動的女人……真棒啊。」

賽克斯同樣望向遠方，點頭附和。

「說得沒錯……這麼一想，瑪蒂娜也只有流著汗的模樣特別棒。」

波蘭斯基則在一旁苦悶地扭著身體。

「滿不在乎……滿不在乎地用毛巾擦拭臉龐……這種強調自己脂粉未施的舉動真棒！果然還是自然美人最棒了！」

三名青春期的少年各自懷抱著不同的想法，品味留在眼皮底下的殘象一會兒。

31【少女朝著黎明吶喊】

在清晨的禮拜堂裡。

瑪格麗特跪在祭壇前虔誠地祈禱。

……確切地說，是看似虔誠地祈禱著。

如果想整理思緒而不受任何人打擾，在禮拜堂裡祈禱是最好的方法。母親曾這樣告訴瑪格麗特。

『向祈禱的人搭話是很失禮的，因此即使是平時很受歡迎的人，在這裡也不會受到打擾。』（母親表示）

『重點是世人會有怨言，追究起來都是上帝的責任。』（母親表示）

瑪格麗特雙手合十，閉上眼睛低下頭。聽在旁人耳中，她的輕柔呢喃就像是在吟詠聖經文句。

乍看之下像是虔誠信徒的她以坐在她旁邊也聽不見的音量……這麼說著：

「我明明都已經走到這一步了，為什麼最後那一步怎樣都進展得不順利呢，上帝啊！我好不容易……好不容易才終於擄獲王子殿下的心啊！」

面對男人時會戴上面具，但面對上帝則以真面目相待的女人——瑪格麗特不僅誠實地表達，甚至還對其下了訂單。

「雖然王子殿下由衷對我傾心……但那個臭女人如果不屈服，等國王陛下回來，一切或許就會翻盤啊！這點祢明白嗎？差不多該認真工作了吧，拜託祢嘍？」

瑪格麗特在祭壇上低著頭，緊握的雙手指尖加重了力道。

「我當然很感謝祢給我帶來這樣的好運喔。畢竟出身貧民區，能健康地活到十歲已經算運氣好了；還長成一個並非隨處可見的可愛美少女；在我被賣給變態老頭（戀童癖）之前，媽媽就擄獲了男爵閣下（爸爸）的心；而且貴族少爺們全都被坦率可愛的我迷得神魂顛倒；甚至連王子殿下也對我說我比那個沒血沒淚的瘋女人好……我根本已經在朝著幸福的結局（兩人從此過著幸福快樂的日子）一路猛衝了嘛！」

瑪格麗特愈說愈煩躁，她的低喃音量也漸漸大了起來。

「我歷經千辛萬苦走到這一步……男人們雖然輕而易舉地上鉤，但女人們找碴的行徑真不是普通地過分……說起來，所謂的貴族千金（冷血母豬）太不像話了！那群一副『自己很特別～』

的表情高高在上的猴子是怎樣？『不要接近我的未婚夫。』啊～？以冷淡態度對待自己未婚夫的人不就是妳們嗎？當面對男人說出『因為是政治聯姻，沒辦法』的人又是哪裡來的誰啊？儘管如此，當我溫柔地向傷心欲絕的男人搭話後，卻又焦急地擔心未婚夫（男人）會被我搶走，是笨蛋嗎？一定是笨蛋吧？去死啦！這群母豬！妳們那讓自己的男人幻滅的冷淡態度就是推波助瀾，讓所有男人向外發展的根源啦，白痴們！」

瑪格麗特的自言自語愈來愈大聲，肩膀因憤怒而顫抖。

「友善親切地釋出善意、勤懇地照顧是基本吧！男人都很單純，只要對他們低語『我只有你喔。』『我知道你很努力喔！』『無論誰說了什麼，我都會陪著你！』這三句話，他們就會對妳傾心啦！結果妳們竟然說：『別對他多嘴！』啊～？不說必要話語的人明明就是妳們！為了討人喜歡，我可是下足了工夫努力喔。給我為了提昇業績努力一點啊！該死的混帳千金小姐們！以為是憑著那種態度結婚，再生個嫡長子就能一輩子悠閒度日的終身僱用制（上流生活）嗎？別開玩笑了，垃圾！」

腦袋因為憤怒而沸騰，瑪格麗特終於忍不住使勁大喊。

「明明擺著架子，也不好好接待顧客（陪伴男人），生意被搶走又說這是無視業界規則（貴族規矩）？既然如此，就腳踏實地去搶回來啊，菁英（大小姐）們！就算是偏僻郊區的娼妓也會好好關心常客喔！可別說『偉大』的妳們辦不到這種事！」

瑪格麗特已經氣急攻心，甚至忘記自己偽裝成正在祈禱了。

「我要成功擄獲艾略特殿下的心，然後當面表現出有多瞧不起他們！媽媽雖然是貧民區出身的娼妓，但透過仔細挑選顧客交往，才能成為男爵夫人；而身為女兒的我則要靠繼承自媽媽的美貌，從男爵家一口氣得到王子（頂點）殿下！」

瑪格麗特踏上祭壇，帥氣地擺出勝利的姿勢。簡直是極不虔誠的舉動。

瑪格麗特把想說的話一股腦兒傾訴完，喘了口氣後就冷靜下來。

她交抱雙臂，張開雙腿站立，瞪著半空——在上帝面前。

「話說回來……如果不設法處理那個蕾切爾，我與艾略特殿下就無法擁有玫瑰色的未來。該怎麼說呢，蕾切爾對艾略特殿下似乎不太著迷……他明明那麼帥氣，不知道那傢伙為什麼會是那種態度。哎，畢竟喬治也長得滿帥的，她可能已經看慣了……但艾略特殿下不是特別帥氣嗎？她到底有什麼好不滿的？」

主要不滿的是內在。

「哎，畢竟那傢伙的確也長得不差，搞不好已經習慣被男人吹捧了……」

應該不是。

「話說回來……是因為被關進地牢後就穿得比較單薄嗎？那女人天生麗質得令人無法忽視啊……她真的沒穿束腰『做出』腰身嗎？畢竟那個腰可是這～樣喔……還有她的胸部當真沒有加胸墊嗎？從臀線看來，她的腿也很長呢……」

瑪格麗特出乎意料地觀察入微，與單是看見單薄衣物就興奮起來的男人們（笨蛋）截然不同。

瑪格麗特突然驚覺。

「不，等一下……她不只是長相可以跟我匹敵，身材也超級好……還是頭腦聰明的公爵千金？而且因為受到國王陛下和王妃陛下的器重，無論受到艾略特殿下怎樣的對待都能游刃有餘地閃避……」

瑪格麗特愕然失色。她狠狠地瞪向祭壇，指向主祭神像。

「喂喂，上帝啊，這是怎麼回事？蕾切爾不只出身高貴，才貌雙全，還運氣絕佳……根本只有她受盡偏袒嘛！平等地分配好運是祢的工作吧？既然收了捐款，至少該好好工作吧，這個薪水小偷！……不，就算祢要多分配一些給我，我當然也不會拒絕喔！」

少女把手抵在下巴思考，一邊在祭壇前徘徊。

「這份差異到底出自哪裡……不，搞不好根本是我的思考方式有誤？是蕾切爾獲得太多了吧？雖說我還不能算是完全進入上流社會……不過即使是貴族，也還是有些不起眼的傢伙在吧？上帝的恩典竟然會有這麼大的差異，到底是哪裡不同呢……」

四處走來走去的瑪格麗特突然停在祭壇前。她抵住下巴的指尖顫抖著。

「難不成……不，沒錯……一定是這樣！」

瑪格麗特將身體轉了整整九十度，再度指向主祭神像大喊：

「上帝啊……祢其實是個毫無節操可言的外貌協會吧？長得漂亮的蕾切爾和我的運氣就很好，而身材好的蕾切爾更受到特別對待！是這樣沒錯吧？可惡，謎題全部解開了！」

少女一邊喊著認真的謬論一邊在祭壇前搥胸頓足。這已經超越了不虔誠的程度，足以遭天譴了。

「這麼一來就說得通了！該死！如果上帝會基於這種原因偏袒人，那我無論過多久都無法超越蕾切爾嘛！臭上帝（色老頭）！如果是出於這種道理，我之前的布施不就全部白費了嘛！該死的混帳！啊，可惡……我原本以為只要祈禱就能改善人生，把我的純情還給我！」

瑪格麗特沒有虔誠得足以要求還款，捐款總額也少得只要將錢包裡的錢倒出來就足夠還清，不過她這時候完全無視這些了。

⚜

由於聽說從禮拜堂傳出怪聲，趕過來的神父從遠處發現門微微敞開著。或許是動物溜了進去，在裡頭叫。

「嗯，是發情期的貓溜進去嗎？」

神父走進禮拜堂，正想開門確認裡面的前一刻，雙開門從內側被人推開。

「嗯？」

將美麗的紅髮綁成雙馬尾的少女握住門把站在那裡。她微低著頭，肩膀顫抖著。

「哦，小姐，發生了什麼事嗎？」

「……上帝……」

「什麼？」

可愛的少女抬起頭，如同惡鬼般疾呼：

「上帝已死！」

「怎麼回事！」

無視驚嚇萬分的神父，瑪格麗特哭著跑走了。

「可惡……該死……即使不受上帝的偏愛，我也會獲得頂點地位給你看……！」

即使外貌至上的上帝以蕾切爾為優先，我也會排除這種事嫁給艾略特殿下！GO！GO！

瑪格麗特！加油啊！總之不算利息也無所謂，上帝，給我把香油錢還來！

即使上帝偏袒競爭對手，瑪格麗特也不會因此受挫。

她會以雜草般的生命力一次又一次地嘗試。

並以長相與幹勁爬到天生的貴族千金之上。

奔跑的瑪格麗特盯著前進道路。

「……對了，讓貴族們自相殘殺不也是一種樂趣嗎？只要煽動那些以艾略特殿下為目標，企圖將蕾切爾拽下來的醜八怪……好，接下來就這麼做！」

瑪格麗特將拳頭伸向冉冉升起的太陽。

「上帝算什麼！我才不會輸呢——！」

⚜

暗中潛入的女僕在定期報告中向蕾切爾告知瑪格麗特情緒失控的事情。

「原來如此……她是那種人嗎？」

「是的，她是個喜歡自言自語的人呢……將調查人員花了三天調查到的身世全都說了出口喔。」

「調查人員會欲哭無淚吧。瑪格麗特小姐也真是的，真希望她早點告訴我。」

千金小姐啜了一口早已涼掉的茶，仰望天花板。

「話說回來……」

「是。」

「那位小姐的腦袋瓜似乎十分麻煩啊。」

⚜

報告結束後，正準備返回的女僕突然蹲下身子，掏出一把投擲用的匕首。她沉默地瞪著階梯，蕾切爾則舉起手加以制止。

地牢的門從外側開啟，一名少女伴隨著鎧甲摩擦的聲響走了下來。那是個身穿樸素的簡易鎧甲，披著防塵斗篷——一副騎士旅行裝束，綁著馬尾的少女。

「蕾切爾，好久不見。不好意思，我應該早點來見妳的，竟然這麼晚才過來！雖然這樣，我一回王都就連家也不回地直奔地牢了。」

「瑪蒂娜，別這麼說，歡迎妳過來。」

蕾切爾命令女僕準備好獄卒用的椅子，露出微笑。

「在報告近況之前……先喝杯茶如何？」

32【少女沿路叫賣「花」】

當鬧區的顧客開始散去，另一個「鬧區」的客人反而開始增加了——那是見不得光，赤裸裸的欲望熾烈高張的「花街」。

攬客者黏膩又賣弄風騷的尖銳招呼聲，被因賭博跟打架而光火的醉漢那發音詭異的怒吼聲蓋過；路人認為事不關己，不負責任地起鬨；而可疑的攤商無視騷動，接連向路人叫賣。

在白晝時分寂靜的暗巷裡，此刻充斥著雜亂無序的景象，倘若是有些道德感的人，想必會為之蹙眉。

明明已經入夜，在如此混亂的街角，竟有幼童天真無邪的聲音迴盪著。

「要不要買花啊～」

在這盡是不利於兒童教育的景象的街道上，一名紅髮女孩展示手臂上掛著的提籃中的花朵。雙馬尾少女拚命給路過身旁的大人看那看似在公園裡摘的賣相不佳的花，不過在這充斥著悖德商品的展售會上，並沒有那種會對花感興趣的怪人。

在蕾切爾入獄的十年前——

年僅六歲的瑪格麗特曾為了討生活，在花街賣花。

⚜

瑪格麗特的母親在這條街上擔任「高級」娼妓。

她即使不化妝也十分美麗，夢幻而沉靜地微笑的模樣，說她是貴族千金也不會有人懷疑。也許是因為外貌出眾，在眾多裝扮華麗的女人當中，瑪格麗特的母親反而打扮得十分清秀。在花枝招展得看似有毒的百「花」裡，她楚楚可憐的姿態格外突出，使得她的身價高於「行情」。即使如此，想一親芳澤的「老爺」們仍趨之若鶩。

這樣的話，她應該稱得上是這條街的「成功人士」，能過著富裕的生活……但或許是因為會挑選客人，從女兒的角度來看，經濟狀況怎麼也不算理想。

因此為了幫母親的忙，瑪格麗特每天都會在夜晚的花街賣花。

媽媽既美麗又聰明。

而媽媽曾說過「考慮到未來，必須從現在就開始布局」。

年幼的瑪格麗特從沒想過比明天的餐點更久以後的未來，但媽媽說的話不會有錯。

⚜

「要不要買花啊～」

瑪格麗特白天在路邊隨意採摘的花朵，即使在昏暗的夜裡，賣相看來依然不佳。

當然完全賣不出去。

這是埋所當然，不會有人為了這種東西付錢……就連她自己也這麼想，不過偶爾會有大人出於善（上當）心掏出口袋裡的零錢給自己，所以仍然不能懈怠。

（只要遇到兩三個善心人士，明天就買得起牛奶了……）

瑪格麗特一邊打著狡猾的如意算盤一邊環顧周遭，看看有沒有人願意停下腳步……此時，她的視野被一道影子覆蓋。

「？」

瑪格麗特抬起頭，只見一名看似地位高貴的中年紳士俯瞰著自己。

（太棒了，是客人！）

「要不要買花啊～～？」

瑪格麗特向男人遞出快要枯萎的幾朵花。

不過客人（？）似乎對花不感興趣，而是格外小心翼翼地來回撫摸瑪格麗特握著花朵的拳頭。

「這位客人？」

對方不可思議的舉動令紅髮少女感到不知所措。她不知道對方想做什麼。

中年男子依然摩娑著瑪格麗特的手，同時緩緩蹲下，讓自己的視線與她齊高。

湊近看仍十分可愛的少女露出狐疑的表情，男人見狀滿意地頷首。

「小姐，妳真可愛……妳『多少錢』啊？」

瑪格麗特歪著頭，男人看著她的眼睛，露出黏膩的視線咧嘴一笑。

聽了這位變態紳士（戀女童癖）的話後……

「哦咦？……啊，啊！」

瑪格麗特終於了解客人的意圖，展露笑容。

「啊～～原來是『那邊』的客人啊？什麼嘛～～嚇我一跳～～！害我還以為是『案件』呢。」

「咦？呃，我可是那個喔……」

「最近常有綁架之類的事件呢！如果想買女孩子，不付錢怎麼行呢！」

「問題只有那個嗎！」

瑪格麗特出乎意料的回答令客人感到混亂，而解除戒備的她伸出手並豎起手指。

「那麼，如果是『那邊』……我要『這個數字』喔。」

瑪格麗特表示的金額是購買她提籃裡花朵的三倍份仍綽綽有餘的數字……不過以跟美少女「玩玩」來說，倒不算太貴。

男人眼見話題終於回到正題，並得知對方以上等貨而言甚至算是便宜後，可說是心情愉悅地付了錢。

瑪格麗特小心翼翼地將拿到的錢收好，開心地摟住男人，牽起他的手。

「這裡有間媽媽『工作』時使用的房間喔！」

「這樣啊，還真是機靈。」

兩人相視而笑，並在宛如地獄宴席（Sabbath）的騷動中，手牽著手邁開腳步。

⚜

瑪格麗特領著男人抵達的是下一條巷子，位於更深處狹窄巷弄裡的一幢建築物。門扇已經快脫落，滿布塵埃的模樣，簡直就是倉庫或廢墟……

瑪格麗特天真無邪地笑著對感到狐疑的男人說：

「外面看起來是這副模樣，就不會有『鴿子』找上門，只有裡面的房間有整理乾淨。」

「哦～原來如此。」

瑪格麗特暫時放開男人的手。「嘿咻。」她這麼喊著，用雙手推開生鏽的門後，先走了進去。

「就在這裡的最裡面，屋裡很暗，要注意腳邊喔。」

「哦，哎呀呀。」

客人循著瑪格麗特的聲音走進去，看見深處的牆上隱約透出門扇形狀的光芒。他摸索著找到門把並推開……同時意識到少女應該已經走進去，門為何還是關著這件事。

從開啟的門外吹進一陣戶外的風，拂過臉頰。開啟的門扉另一側是……外頭。

「咦？」

門原本是關著的。

而門的另一側並非「客房」，而是戶外。

「為什麼？」

男人霎時間因為無法理解的資訊而陷入混亂，順勢繼續往前走……接著絆到某種巨大的物體。

「嗚哇啊！」

男人就這樣往前一摔，朝門的另一側撲倒……倒栽蔥似的朝比地面低許多的寬闊泥川跌了下去。

「嗚哇啊啊啊啊啊……！」

撲通——……！

垂死掙扎的慘叫聲消失的同時，發出龐大物體落水的聲響……隔了一會兒就傳來溺水者猛烈掙扎著胡亂拍打水面的聲音。

確認到這裡，絆倒男人的物體才動了起來。

「是這週的第二個人了吧～」

原本在地上縮成一團的瑪格麗特一把關上門，迅速衝出廢墟。

她跑了兩三個街區，找到能安全藏身的凹洞後就蹲下身，打開從男人懷裡摸來的錢包。

即使在昏暗的陰影中，也能看見圓形的金屬發出暗淡的光芒。

「哇～～今天真是大豐收～～！」

她剛才收取預付款時迅速確認過錢包裡面，不過實際拿在手裡一瞧，比目測的遠遠多上許多。

除了比收到的金額更多的銀幣之外，還裝有三枚金幣。久違的豐盛收入令瑪格麗特天真無邪的美貌也綻放出笑容。

「只要像這樣計算『營業額』，工作的疲憊也會煙消雲散呢！」

對幼童來說，這份「工作」對精神的負擔比對身體重上許多……主要是緊張感。

少女在仔細清點錢包的內容物之後，再次全部收進錢包裡，回到了花街。

⚜

瑪格麗特向一個站在人流最多的街角處，相貌凶惡的男人搭話。

「老闆～」

「哦，是瑪格麗特啊。」

這名被稱作「老闆」，負責統率扒手、皮條客的男人，同時也是整座花街的領袖人物。

在這座合法與非法之間的界線非常模糊的街區，他是負責審判合法與否的絕對上帝。

瑪格麗特拿出剛才那個「客人」的錢包。

「剛才來了一個『不是』買花的客人……」

「啊……最近很多啊。」

只要在這條街上做生意，即使是年幼女童也得懂得向領袖人物講仁義。無論是瑪格麗特會販賣跟垃圾沒兩樣的花朵，還是欺騙戀童癖者劫財，「老闆」都十分清楚。

少女在男人面前將錢包的內容物全倒到托盤上，讓對方看到有多少後，再將硬幣收回錢包裡，然後將沒有收起的三枚金幣全交給領袖。

「以均分來說，妳會不會拿太少了？」

「畢竟金幣沒辦法使用啊。」

「……說得也是。」

金幣是高級貨幣，不可能在庶民會前往的店面流通。

如果是以後的瑪格麗特，一定會將包含金幣在內的金額確實均分，不過這時候的她依然很「純樸」。

「如果你能幫忙換錢，我就能帶回去了。」

「既然這樣，妳應該先換成零錢再過來啊。」

「就是因為辦不到才會給你啊。哎，既然我付了這麼多，請你確實以工作回報喔。」

「妳這傢伙真是伶牙俐齒的小鬼……」

更正，即使是這時候，瑪格麗特還是瑪格麗特。

她姑且將剛才那個客人的服裝與特徵告訴了領袖。

她以那種方式釣到的「客人」從泥川爬上岸後基本上會有兩種模式，要嘛喪失戰意，偷偷摸摸地回去；要嘛暴跳如雷，執拗地尋找她。

「我會監視，但妳這陣子也得注意自己的周遭喔。」

「好！」

瑪格麗特等花街的居民並不是他的手下，會上繳為數不少的金額給領袖的原因之一，就是為了避免被這種危險「生意」釣到的客人報復。

只要支付該付的款項給這個男人，就算剛才那個客人馬上固執地跑回來追究，瑪格麗特也不用擔心被扭送法辦。這條街上的居民都會盡全力佯裝不知情，替自己掩護吧。

……當然，如果要做「生意」而不事先疏通領袖，瑪格麗特可能就會面臨反過來被交給那個戀童傢伙的情況。

為了安全著想，最近這陣子還是先別「營業」比較好，不過今天的收入相當不錯，所以暫時不需為生活費煩惱。明天白天再去市場買些起司或香腸吧。

瑪格麗特一邊提著被人跟蹤一邊哼著歌，愉快地穿過整座花街，回到母親等著的家中。

自己十年後會列席末座貴族；而另一方面，照顧自己的「老闆」則成為她爭奪王子的競爭對手——公爵千金的部下……瑪格麗特並非上帝，因此這時候的她完全無法預料到日後的命運。

⚜

「我回來了！」

考量到安全與守望相助，這棟破舊公寓裡住的全是母親的同業，而母女倆溫暖的小家庭就位於公寓的四樓。

瑪格麗特充滿朝氣地向居民打招呼，抵達最頂樓的自己家時，母親早已聽見她的聲音，在她敲門前先行開了門……順帶一提，現在時間是半夜。

「歡迎回來，瑪格麗特。今天賣得怎麼樣？」

美麗的母親身著樸素洋裝，肩上披著披肩，面帶微笑地出來迎接年幼的女兒。少女開朗地回答：

「今天非常棒喔！」

母親彈了瑪格麗特的額頭使她站不穩。

瑪格麗特坐在地上，眼眶泛淚地摸著額頭。

「媽媽，好痛喔……」

「瑪格麗特，不行喔，如果問妳賣得怎麼樣，妳要怎麼回答？」

母親低聲詢問，少女回過神來，也以同樣的音量低聲回應：

「要一邊說『還好啦』一邊用手指比出來……」

「沒錯，雖說鄰居都值得信賴卻不能輕易信任。夥伴在有強盜或鴿子跑來時雖然可靠，但如果涉及到金錢問題，她們全都是即使寄放一枚銅幣也會捲款潛逃的女人喔。」

「好難喔……」

美麗的女人面露愁容，「呼～」地嘆了口氣。

「瑪格麗特，妳是個坦率的好孩子，不過我擔心妳會坦率過頭而變成愚蠢啊……」

「別擔心，媽媽！人家不是都說愈愚蠢的孩子愈可愛嗎！」

「我就是擔心這一點。」

瑪格麗特將「營業額」交給母親後，又拿回「還算」一大筆錢的三枚銀幣。如果是這樣的數字，就旁人看來只會認為收入「還算」不錯吧。

總之兩人就以這筆錢權充生活費，其餘的錢則由母親藏在不會被任何人發現的地方，以免其他居民偷走。

瑪格麗特（就某種意義上）還很單純。這時純真的她依然不懂「如果將所有零用錢交給母親，長大成人了也無法拿回這筆錢」這樣的社會法則。

瑪格麗特舔著母親慶祝「豐收」而端出的李子汁，並詢問她在意了好一陣子的事情。

「欸，媽媽，大家都說『妳媽媽很漂亮，應該可以賺更多才對』，但妳為什麼不接太多客人呢？」

瑪格麗特引以為傲的母親則拿出蒸餾酒啜飲著，纖弱的美貌微微染紅，淺淺一笑。

「因為媽媽的目標是過更好的生活，才要避免賤賣自己。」

「哦～……有客人上門就是賤賣嗎？」

母親以淺顯易懂的方式向聽不太懂的女兒說明。

「媽媽的工作啊，就算現在賺了很多很多錢，也只能趁年輕漂亮的時候才賺得到。」

「哦～？」

「比起只有現在賺錢，媽媽為了能一直生活下去……正在努力抓個還算有身分地位，收入還算可以，而且願意娶媽媽的男人喔。」

「原來如此！」

「妳懂了嗎？」

「好像明白了……不過還是有點難懂，可以再給我一點提示嗎？」

「妳那樣就叫聽不懂喔。」

瑪格麗特母親的目標是以罕見的美貌為武器，從娼妓身分畢業，成為低階貴族的正妻。雖說以富商為目標比較能保證過上舒適的生活……不過對象如果是那種男人，自己八成只能當個可以被輕易取代的情婦。

身為領日薪的臨時工，她的目標是正式員工，而非限定期間的約聘員工。既不是會四處撒錢揮霍的富商，也不是會介意自己出身的大貴族；而是只要擁有出色外表與善於交際的良好教養，即使出身庶民也願意迎娶為正妻的低階貴族。

當然，如果是空有貴族之名的窮人就傷腦筋了，所以得挑選確實有穩定收入的對象。若是將妻子當成物品對待的暴君也令人困擾，得挑選人品夠高尚且穩重的對象。而且她並不打算拋棄瑪格麗特，所以必須挑選會疼愛子女，即使是繼女也會投注愛情的對象。

如果家中的家臣會鄙視庶民階級而且是娼妓出身的夫人也很討厭，所以得挑選規模不大的家族。

對方必須是滿足以上諸多條件，還願意在上帝面前發誓與自己結婚的正經男人。

然後又必須是個會造訪花街的花花公子。

……不可思議的是將以上條件列出來後，候選者竟然一個也不剩了。還沒有男人能獲得她的青睞。

不過，瑪格麗特的母親沒有放棄。

她現在還不到二十五歲，再花十年時間應該就能找到吧。

「這樣的男人想必會對習慣享樂的女人敬而遠之，所以我生為沒落貴族之女，也是為了活下去，不得已才賣身為娼……」

「咦？媽媽家不是種馬鈴薯維生的農家嗎？」

「……我是以這樣的人物設定在挑選客人的。」

「人物設定？」

女兒一臉呆愣地表示佩服，母親則一本正經地加以提醒。

「瑪格麗特，妳要記住，如果要擄獲男人的心，人物設定很重要喔。」

一名母親將糟糕的知識傳授給年僅六歲的女兒。

「原來很重要啊！」

而愚蠢的女兒坦率地全盤接受，令人不禁擔憂起她的將來。

母親摸了摸女兒的頭。

「媽媽一定會替妳找到一個好爸爸，這麼一來妳就能成為貴族千金嘍。」

「我會成為貴族嗎？」

將來會成為底層貴族的瑪格麗特，這時候別說是貴族了，甚至還是底層庶民。

對於貴族，她只有「偉大人物」的印象。

而瑪格麗特可以成為貴族。

「只要我能擄獲一名貴族的心，也能進出王宮嘍。到時候瑪格麗特就是貴族千金，也能擄獲身分更高貴的貴族……不只如此，甚至能擄獲真正的王子殿下的心。」

「王子殿下？」

「沒錯，像瑪格麗特這樣可愛的女孩很罕見，妳一定能輕鬆取勝！」

「喔喔喔喔喔……我懂了！媽媽，加油喔！」

「嗯，我當然會。」

「成為我的『光輝燦爛成功故事』的『基石』吧！」

「妳是在哪裡學會那種令人火大的措辭？」

「這是買二樓梅格阿姨的『騎士團』的叔叔說的話。」

「騎士團完～全不行，頭腦簡單。果然還是得以官員為目標……姑且不提這個，瑪格麗特，不只是梅格小姐，妳絕對不能稱住在這棟公寓的任何居民為『阿姨』喔。要是被人聽見，小心會看不到明天的朝陽。」

「很糟糕嗎？」

「非常糟糕，畢竟大家都正值尷尬的年紀啊。」

「自那時起已經十年了嗎……」

（自認為）成長為出色淑女的瑪格麗特從王宮的露臺眺望自己曾生活過的城郭區域。

⚜

母親如同自己所宣告的，在四年後成功擄獲了符合條件的爸爸的心。

男爵夫人在貴族社會中雖是隨處可見的底層，但對於當時生活的貧民區居民而言，已經是遙遠雲端上的存在了。

而與母親一同嫁進男爵家的瑪格麗特，如今成了真正的貴族千金。住在雖不寬敞，仍有傭人伺候的獨棟樓房裡，每天都能搭乘馬車前往王宮。回想起在花街角落畏懼綁匪跟強盜，在灰色地帶賺錢的日子，現在的自己簡直置身於天堂一般。

然而……

「呵呵呵……只差一點，就差那麼一點了。再稍微加把勁，我就能從那討厭至極的蕾切爾手中把艾略特殿下澈底搶過來，坐上王太子妃的寶座了！」

瑪格麗特並不打算就此罷休。

母親按照承諾，讓瑪格麗特成了男爵千金。

「媽媽說得沒錯，我要以男爵千金的身分為起點，擄獲真正的王子殿下的心！」

瑪格麗特並未忘記孩提時代那一天的約定。

而現在，自己已經抵達了只需再推一把就能實現夢想的位置。

瑪格麗特交抱手臂，以勇敢無畏的神情望著街道，並從喉頭發出哼哼的笑聲。她從嘴角溢出的笑聲愈來愈大，最後仰天狂笑了起來。

「呵呵呵呵……呼呼呼呼……哈哈哈哈……啊——哈哈哈哈！無論任何事都是有志者事竟成，不做做看就不會成功！蕾切爾，妳看著吧，我一定會得到理應屬於妳的艾略特殿下！啊哈哈哈哈哈哈！哈——哈哈哈哈哈哈哈……咕呼……咳呼……咳咳咳咳……」

仰頭狂笑的少女最後因為笑過頭而嗆到，顯得痛苦不堪……她當場蹲下來狂咳不止。

⚜

這時候，在露臺下方的警備兵正在交談。

「我就想說怎麼會聽到奇怪的吼叫聲，原來一如往常是那傢伙啊。」

「王子殿下到底為什麼會喜歡那種人？」

「畢竟他只看得見自己想看的事物啊……該說戀愛是盲目的嗎？」

「那位小姐能不能回自己家鬧啊……每次只要聽見異常的聲音，我就得前往確認耶，能不能也替我著想一下啊。」

33 舊識前來慰問 千金小姐

當蕾切爾坐在可調式躺椅上看書時，一群人從大門蜂擁而入的聲音傳了進來。翻動書頁的指尖顫了一下。她罕見地表現出警戒的態度，瞥了石階一眼。

蕾切爾心生警戒的原因是那腳步聲發自陌生的群體。

由於會進出地牢的人員有限，蕾切爾平時能靠氣息或腳步聲分辨來人。但是她對現在走進來的群體完全沒有印象。

既然由己方安排的負責監視外頭的人員沒有發出任何暗號，就代表對方並未全副武裝，無法加害自己；而艾略特安排的騎士沒有騷動，就表示來者是具備相當地位，並依循正規手續進來的。

不過，如果是宰相等其他政府要員為了解決狀況前來，安插在政廳裡的部下應該會捎來情報；也就是說，這並非檯面上掌權者的正式訪問，來者是需提防的人物。

而在確認隨即從石階上魚貫走下的身影後……蕾切爾就失去了興趣。

什麼嘛，原來是白痴殿下（艾略特）爭奪戰裡的瘋狗們啊。

一名刻意穿著充滿蕾絲滾邊的華麗禮服的千金小姐首先朝著牢房裡的蕾切爾開口：

「好久不見，佛格森小姐……不對，在這種情況下如果加上『小姐』，會不會顯得像在諷刺呢？」

蕾切爾無視稱得上舊識——關係當然不好——的艾格涅絲．薩塞克斯侯爵千金的問候。

表面上漠不關心，但她同時在腦內資料庫更新了「以這傢伙的智慧等級，並沒有理解最近的狀況」這項資訊。她們至今似乎仍認為只要失去艾略特王子的寵愛就等於在社交界失勢。這些堪稱天真樂觀的資訊落後弱者，令蕾切爾不由得在內心失笑。

在場的千金小姐陸續以看似誠懇實則輕蔑的態度向她打招呼。每個傢伙都是直到前些日子都還因為蕾切爾身為艾略特的未婚妻，吃醋而暗地裡說她壞話的人。

「妳一跟王子訂婚，這種人就會蜂擁而出。」「反正她們也只能嘴上說說，被說壞話也是一種成名的代價。」「不過對方如果真的企圖拉妳下來，就要先發制人加以擊潰。」……父母的教誨接連在腦海中浮現。

「……哎呀，叫一個普通女孩設法在面對陰謀時先下手為強，豈不是強人所難嗎？」

「妳說什麼？」

「沒什麼。」

蕾切爾嘻嘻笑著，一名千金小姐語氣粗暴地責問，而她則回應沒事，又繼續看起書來。

「佛格森小姐，妳應該是為得到殿下歡心所下的努力不夠吧？哎，雖然認為殿下很快就會對妳感到厭煩，但沒想到他竟然會討厭妳到把妳關進監獄的地步呢。」

「不不不，奧黛麗小姐，以蕾切爾小姐不起眼的程度，打從一開始就很難擄獲殿下的心吧。」

「哎呀，真抱歉！說得也是，我竟然遺漏了如此理所當然的事實，是我思慮不周。」

千金小姐們刻意光明正大地挖苦貶低蕾切爾。即使加以責備，她們大概也會辯稱自己語氣彬彬有禮，所以沒說出任何失禮的話吧。然後她們還會以此作為擋箭牌，貶低蕾切爾的行徑是在找碴，並大肆向他人宣傳。

不過這招對蕾切爾無效就是了。

千金小姐們在鐵柵欄前誇張地展現喜怒哀樂，喋喋不休地說著蕾切爾的壞話。

而鐵柵欄另一側，蕾切爾則以事不關己的姿態默默看著書。

盛裝打扮的千金小姐們站在石版地上，因高跟鞋造成的疼痛而不時交替重心。

衣著輕鬆的蕾切爾慵懶隨興地躺在躺椅上繼續看書。

極力展現高雅的千金小姐們不停說著粗俗的壞話，頻繁地試圖跟蕾切爾搭話。

蕾切爾則沉浸於書中，只是愛理不理地含糊回應，連看也沒看她們一眼。

其中一人終於耐不住了。

「喂！這是什麼意思？妳在牢裡傲慢地擺著架子隨意回應，我們卻像這樣站在這裡……妳明白自己的立場嗎？這是怎麼回事！根本完全反過來了吧！」

其他千金小姐似乎也抱持相同的想法，其中一人發了火，其他人也一齊騷動起來。

「喂，妳倒是說點什麼啊！」

「明明是個囚犯，妳明白自己的立場嗎？」

蕾切爾慢條斯理。

她悠哉地翻了頁，在外頭的千金小姐吵累而安靜下來的瞬間悄然開口：

「真是些缺乏教養的人呢。我還有十五頁左右就看完了，請有禮貌點暫待一會兒吧。」

「什麼！妳這傢伙，這是什麼口氣？」

「妳啊，知道如果與我們為敵會變成怎麼樣嗎！」

無論對方說什麼，蕾切爾都滿不在乎。畢竟她連艾略特都不放在眼裡了，更何況是跟在那傢伙身後的一群白痴，她根本不會在意。

千金小姐們明白無論再怎麼怒吼，蕾切爾也不會將視線從書上移開，便因為一股徒勞無功感湧上而顯現疲態。

蕾切爾足足讓她們等了三十分鐘。

見她不急不徐地翻動著的頁面僅剩下寥寥數頁時，千金小姐之間瀰漫起一股鬆了口氣的氛圍……然而，在她們眼前……

「……咦？這裡是怎麼回事？」

蕾切爾又往回翻了幾十頁，令少女們發出不成聲的慘叫。

在高跟鞋的疼痛折磨下，不曉得究竟是小腿肚會先抽筋，還是疲憊的腳踝會先拐到而摔倒呢？

自稱蕾切爾競爭對手的少女們已經完全將意識專注於「還剩幾頁？」上，不再交談。她們直到最後都保持沉默，面面相覷，等著蕾切爾闔上書本。

⚜

蕾切爾把書放到邊桌上，笑容爽朗地啜飲著涼掉的茶。

「沒想到結局竟然會是這樣。偶爾讀讀推理作品也很不錯……嗯，再請人送幾本同一位作者的書過來吧。啊，喉嚨好乾，喝涼茶反而舒服呢……」

蕾切爾面帶笑容放下茶杯後，終於轉向千金小姐們。她看見因為等候許久，雙腳被凹凸不平的石版地弄疼的少女們紛紛撫著自己的腳。

「哎呀，抱歉。我剛才沒說『請坐』呢，請各位隨意就座吧。」

「開什麼玩笑！這裡哪有地方可以坐？」

其中一個痛得淚眼汪汪的人喊道。

蕾切爾看向家具只有獄卒用桌椅的前側房間。

「那一邊不在我的管轄範圍內，如果有意見，請去找艾略特殿下投訴。」

「妳……妳這個人啊……！」

「哎，畢竟這裡並不是海上，只要想坐下，任何地方都可以坐吧？」

「這……這裡嗎？」

貴族千金……如果是瑪格麗特之流也就罷了，身為以王太子妃為目標的名門之女，不可能上動坐到牢房石版地上。

千金小姐們咬牙切齒，卻無法撤退也不能坐下。蕾切爾微笑著催促她們。

「對了，各位剛才似乎說了一些話吧？不好意思，我在閱讀時聽不見『無關緊要的人』所說的話……各位能否從頭再說一次呢？」

「佛格森，妳……！」

彷彿單憑視線就能殺人的千金小姐們散發的壓力雖然驚人……蕾切爾依然無動於衷，表情平靜。畢竟她可是不靠視線也能殺人的千金小姐。

「那麼——」

蕾切爾面帶笑容搓著雙手。

「好一陣子沒見到各位……不過大家看起來都十分平安健康，真是令人高興。」

「……妳也是啊，雖然入獄好幾個月了，看起來卻很有精神呢……」

「是啊，因為我過著很健康的生活！」

笑容燦爛的蕾切爾令少女們有些卻步……不過她們只是對蕾切爾的豐富表情感到吃驚，

尚未意識到危險正在逼近自己。她們只認識澈底扮演好王子未婚妻角色的蕾切爾，從未見過充滿危險的野生蕾切爾。

「說到健康，芭芭拉小姐還好嗎？」

「什麼？」

千金小姐對於突如其來的詢問摸不著頭緒，蕾切爾露出極為擔心的神情。

「聽說妳很喜歡最近流行起來的名叫甜甜圈的炸甜點，還會在上面抹上滿滿的鮮奶油享用，結果在短短兩個月內就發福了足足十公斤，服飾店因為來不及替妳修改好禮服而哀號不已是嗎？這聽起來雖然有趣，但突然劇烈肥……發福的話，似乎會對心臟造成負擔喔。上週醫師診斷的結果如何呢？」

「什麼……！」

蕾切爾這麼一說，身為當事者的千金小姐意識到難以隱瞞，因為蕾切爾露骨的指摘啞口無言。

而其他千金小姐比成為目標的少女冷靜，因此注意到蕾切爾話中的異常之處。

蕾切爾在兩個月前早已入獄。

更不用說是上週才在私人住宅裡接受健康診斷的事，消息理應不會洩漏，她為什麼會知情？

蕾切爾環顧沉默下來的少女們的臉，向另一個人搭話：

「卡菈小姐。」

「什……什麼事……？」

帶著可愛笑容的蕾切爾突然對面露警戒之色的千金小姐直擣核心。

「上週的化裝舞會怎麼樣？」

「……！」

卡菈小姐臉頰抽搐。其他小姐則狐疑地竊竊私語。

「上週？上週有化裝舞會嗎？」

「不，我沒有收到邀請函……」

蕾切爾依然面帶笑容加以解說：

「啊啊，雖然稱作舞會，但並不是社交界的正式活動；而是志趣相投的年輕貴族私下聚集……」

「噢……」

八成是聚集了有意願之人的舞蹈社團吧——千金小姐們表示理解。有時會有這種情況，不擅長舞蹈而害怕晚宴的少年少女會聚在一起練習跳舞。

不過如果只是這樣，並不足以令人臉頰抽搐。蕾切爾的炸彈才正要引爆。

「……將舞蹈的事擱在一旁，所有人赤身裸體做些好事的聚會呢。」

「！」

千金小姐們吃驚得連聲音都發不出來。

「胡說！我才不知道那種聚會！」

卡菈小姐臉色慘白地大喊。

以王太子妃為目標的高階貴族千金竟然是淫穢團體的常客，這可是頭條等級的醜聞。別說是王子了，就連要成為同階層貴族的首婚對象都有難度。

「妳想陷害我對吧！因為自己失勢，就想拖我一起下水……妳這個惡魔！」

卡菈朝著蕾切爾大喊，同時忙碌地瞥向同伴們的臉。

只要這些千金小姐願意保密，就能掩蓋剛才聽見的醜聞。只不過……她們可是想從蕾切爾手中搶走艾略特殿下，讓自己成為王太子妃的團體，難以想像原為吳越同舟處境的她們在拔除蕾切爾這個障礙物後，還會保護同伴。

現在還是澈底否認蕾切爾的話，裝無辜到底最好……！

就在卡菈這麼決定時。

「討厭啦，我沒有那個意思……」

蕾切爾一臉傷腦筋地搖頭。

「我只是單純感興趣而已。妳在上週的聚會不是發下豪語，表示自己一定會吃掉泰勒伯爵家約翰少爺的初體驗嗎？只要能攻陷約翰少爺，卡菈小姐就能成功狩獵第五人的童貞（櫻桃），獲得團體中永世肉食女（獵人）的稱號。這似乎是同道中人也很少達成的榮譽，對吧？既然如此，會在意妳最後有沒有得手是人之常情吧？」

「……！」

過於詳盡的資訊令眾千金小姐再也說不出話來。不僅出席淫穢聚會，甚至過著令同道中人欽佩的淫靡生活……消息若是傳出去，她想嫁給擁有爵位的對象可說是難如登天。

「……妳妳妳妳胡說！主持人（主辦者）明明非常小心避免情報外洩！」

「哎呀，妳不是不知道那種聚會嗎？」

「嗚……！」

卡菈不小心被套出話，其他千金小姐則完全以懷疑的視線看著她。卡菈小姐明白自己受到了致命的一擊，既無法否認也無法封口……已經連這麼做的力氣都沒了，一屁股癱坐在石版地上。

「接下來……」

蕾切爾面帶笑容搜尋起下一個獵物，其他人也跟著戰慄。

這傢伙究竟是誰？

眼前這名披著開朗千金小姐外皮，來歷不明的怪物，令少女們打從身體深處顫抖不止。

「白晝之月上哪兒去了……？」這就是她們的共同想法。

即使如此，仍有一個人鼓起勇氣，聲音顫抖地詢問：

「妳……妳的個性……跟以前未免差太多了吧？」

蕾切爾依然面帶微笑地歪了歪頭。

「哎呀，我『從以前開始』就是這樣喔。只不過，身為王子未婚妻的『立場』使然，才會優先展現有禮的行為舉止……」

蕾切爾看著眾人目瞪口呆的表情，嘻嘻地笑了起來。

「很有意思吧。瞧不起我的人認為我不會多嘴，就高談闊論地賣弄自己無法公開的得意事或別人的閒話。為什麼以為我不會告訴別人呢？呵呵，真好笑。」

千金小姐全都唰地臉色刷白。

她們或多或少都有印象，為了爬到競爭對手頭上，她們會以炫耀自己幹過的事情當作威嚇手段。如果是別人不名譽的閒話，自然更會想拿出來說嘴。

「而且，值得慶幸的是……有許多人對於我被關進監獄一事感到憤怒，這些人正在替我多方調查可能與這次事件相關的嫌疑人士。」

千金小姐們臉龐的慘白程度已經不是「面無血色」可形容了。

如果要說與蕾切爾入獄一事有關，首先有嫌疑的當然是艾略特與瑪格麗特……不過，如果要說下一個可疑的人是誰……

在幾乎要倒下的少女們面前，蕾切爾刻意拍了一下手。

「啊，對了！各位的時間都不要緊嗎？雖然很想繼續跟各位愉快地聊天，但是與閒暇的我不同，想必也有人很忙吧……如果今天有安排學習課程之類，雖然遺憾但也沒辦法。」

皮笑肉不笑的蕾切爾所說的話，千金小姐們都確實聽懂了。

「如果要繼續講下去，那就持續到其中一方澈底被扼死為止吧。不過現在離開的話，我還可以放妳們一馬喔」。

「雖……雖然遺憾，但學習的時間到了呢！喔……喔呵呵……請多保重！」

率先進入地牢的艾格涅絲小姐在撤退時也同樣打頭陣。

「雖然捨不得，我也先告辭了！」

「不好意思打擾了！」

其餘的人也迅速拋下一句道別的話，就一齊緊跟著艾格涅絲小姐離開。

這種地方，自己一秒鐘也待不下去了。要是從怪物口中吐出自己的名字……自己下一瞬間就會身敗名裂。

千金小姐們逼著自己疼得顫抖的雙腿移動，總之只想逃離蕾切爾的目光所及之處。她們踏著蹣跚的腳步走上石階，好不容易走到地面上時……

「打不開？」

門沒有開啟。

艾格涅絲小姐無論是用推的還是用拉的，通往外面的門就是不開。

雖然有幾個人一起幫忙，頂多也只是微微動了動，完全沒有要開啟的意思。

看見千金小姐們沒有要回去的跡象，拿起下一本書的蕾切爾瞇細雙眼。

「哎呀……看來各位似乎都很有時間呢。」

「不……不是……不是妳想的那樣！」

「是……是門打不開啊！」

「哎呀……那扇門並沒有門鎖，隨時都是開著的喔。之前瑪格麗特小姐也曾經趁獄卒先生不在偷溜進來。」

蕾切爾放下手中的書，將躺椅的椅背打直。

她那以單邊手臂撐著頭，手指輕觸臉頰，斜坐在椅子上換邊翹腳的姿態，簡直就像傳說中的魔王。

「那麼各位……畢竟也『累積了一些話題』想聊，只要時間許可，就讓我們……愉快地『聊天』吧。」

「不……不要啊啊啊啊啊！」

⚜

坐在建築物外的換氣窗旁歇息片刻的瑪格麗特嘆了口氣。

「醜女們果然不是她的對手嗎……」

附近沒有其他人在。由於在外監視的騎士們到了換班時間也沒有人來，反正時間不長，瑪格麗特就主動提出代班要求，讓對方先回去了。

在換班人員抵達之前，瑪格麗特運用在城郭鍛鍊出來的技巧把門固定住。

這種時候，如果是外行人，就會試圖以貨物擋住整扇門……不過如果只是要讓人出不來，其實不需要覆蓋住門的整體。只需不著痕跡地以鋪石版地用的薄石材堆疊，配合角度嵌入般卡進凹凸不平的石版地凹陷處即可。單是這樣將門扉下側卡住，即使上方百分之九十九的部分都是暢通的，門也打不開。這就是門擋桿的原理。

當然，靠蠻力的話是有可能推開的。如果被關在裡面的人是賽克斯也就罷了，但既然是千金小姐（母豬們）就不可能做得出這種事。只要隨便編個理由，即使傳出千金小姐們的慘叫聲，監視的騎士也料想不到門其實打不開，所以也不會出手相助吧。至於她們何時才會被釋放？就取決於她們的運氣了。

瑪格麗特煽動千金小姐們，原本是希望她們能與蕾切爾鬥個兩敗俱傷。

「一面倒啊……還是得請艾略特殿下想想辦法。」

那些只會扯後腿的無能千金小姐果然完全派不上用場。

哎，畢竟大概連蕾切爾都沒料到她們是真的出不去，所以就看她願意忍受那群吵雜的蒼蠅待到什麼時候了吧。

瑪格麗特不會因為一個計策失敗就受挫。

只要思考下一步就行了，以牙還牙，以眼還眼，這就是她的信條。

而且最重要的是，比蕾切爾更惹人厭的醜八怪就此全滅了！畢竟實際對自己出手的其實是這些人！蕾切爾，幹得好！

交班騎士終於姍姍來遲，瑪格麗特與對方打了招呼後就腳步輕快地回宮殿去了。

34【千金小姐人在牢裡，所以什麼也沒做】

艾略特王子等人對蕾切爾的騷擾已經逐漸成了一種課外活動。他們今天依然在地牢周遭做準備。

當艾略特抱著「這次一定要成功」的想法，以充滿期待的聲音下達指令時，關鍵的蕾切爾本人從換氣窗冒出聲來。

「賽克斯大人，你在嗎？」

「啊？找我？」

賽克斯走到換氣窗前。

「什麼事？」

「我想先向你道個歉。對不起～」

「這句話應該去對瑪格麗特說才對吧！」

艾略特這麼說。

但蕾切爾無視王子殿下，一臉困擾地對賽克斯笑了笑。

「其實是因為我太閒了，就到處寫信給朋友……在要給瑪蒂娜的信裡提到了瑪格麗特小姐……」

「什麼！難不成妳把瑪格麗特的事情告訴了瑪蒂娜？」

上司的前女友對呆若木雞的賽克斯「嘿嘿」地吐舌微笑。

「與其說是通知她……正確來說，她已經來了。」

「她在前天夜裡到地牢來找我～」蕾切爾說東道西，但賽克斯背對她，全力衝刺離開了。

「喂……喂！賽克斯？」

「阿比蓋爾閣下？」

其他馬屁精連忙出聲呼喚，但不曉得他有沒有聽見。

唯一清楚內情的艾略特則面色鐵青。

「蕾切爾，妳竟然做出這種事情！」

「不不不，信件的正題只有我被毀婚並拘禁而已喔。不過，不知道為什麼瑪蒂娜對於賽克斯大人與瑪格麗特小姐感情要好這一點有反應。」

「那還用說嗎！喂，所有人立刻回王宮！賽克斯有危險！」

「咦？」

王子慌張的模樣令不清楚內情的馬屁精們感到納悶。

⚜

在聚集了騎士團高層的會議室裡，騎士團長阿比蓋爾卿正撫摸著漂亮的鬍鬚，一邊聽取報告。

這時，走廊上不知為何傳來吵鬧的奔跑腳步聲。

不愧是老練的騎士，雖然非常嘈雜，但他們都聽出了腳步聲只屬於一個人。

「怎麼回事？喂，誰去看看情況。」

在列席的隊長之一指示下，作為隨從的一名年輕騎士走向門邊……他打開門之前就被來者踹開的門給撞飛。

「怎麼回事？」

在同時握住劍站起身的騎士面前現身的……是狼狽不堪的賽克斯。

「賽克斯？」

賽克斯發現呆愣著低語的騎士團長（爸爸），便向他伸出手。

「老爸～～！給我錢！」

看見騎士團長的笨兒子（賽克斯）不知為何焦急地向父親要零用錢，騎士團高層都按住了太陽穴。

阿比蓋爾卿深深地嘆了口氣，代表眾人對不夠穩重的愚子開口道：

「賽克斯……你身為一旦成年就會成為正式騎士的人，竟然闖入會議室向正在執行公務的我要零用錢……賽克斯，你聽著！佛格森小姐那件事，你不但沒有勸諫殿下，還跟著他團團轉，單是這點就足以令你受盡譴責嘍！明明有未婚妻，卻還痴迷於殿下的情人，連最低限度的常識也沒有，眾人可都對你冷眼以對啊！這次又要送禮物給波瓦森小姐嗎？如果有這種志氣，就先買些什麼送瑪蒂娜啊！」

完全對父親的說教左耳進右耳出的賽克斯大聲回應：

「那個瑪蒂娜看了蕾切爾小姐的信，直接殺過來了！就要到這裡了！老爸，我晚點再聽你說教，先給我逃跑的資金！」

阿比蓋爾卿拋出從懷裡取出的錢包，向列席的幹部大喊：

「騎士團集合！配備接近戰武裝！也從郊外的駐紮地動員士兵過來排列方陣！要是被攻下陣地就擋不住了，讓士兵配備攻城戰武裝，手持大盾！」

騎士們連忙展開行動。突然造訪的緊急事態令眾人的怒吼聲此起彼落。

「東邊的監督官在做什麼？不是有派人監視伊凡斯小姐嗎？」

「應該有伊凡斯隸屬的騎兵中隊在負責監視才對！那可是四十名精兵啊！」

阿比蓋爾卿在兒子眼前指向北方。

「快馬前往桑德巴雷的北方司令部！錢不夠的話就到那裡去借！」

「抱歉，老爸！如果能活下來，我們再見吧！」

總之賽克斯似乎打算獨自溜之大吉，他轉過身去。

然而……

「你明明知道我來了，卻連一面都不肯見，打算上哪兒去啊？嗯？賽克斯～～……」

不知何時，在門前……

將黑色長髮綁成馬尾的愛之死神（瑪蒂娜）翩然擋在那裡。

將若是放下就會及腰的柔亮黑髮綁成一束馬尾，皮膚即使曬黑仍光滑細緻的少女朝會議室挺進一步。由於鍛鍊結實，身材高挑的身影展現重心穩定的優雅步伐。

雖說肌膚因為在前線任職而曬成小麥色，但她完全沒打算化妝，可說是被排除於貴族千金應有的美麗標準之外……但由於天生麗質，大而水靈的雙眼與薄唇顯得十分有氣質，就像出色的貴夫人。

……只不過……

光芒從那雙大眼中消失，而瞳孔依然放大。

從她全身上下散發出即使是成年人也會嚇得腿軟的詭異殺氣。

單單是看到瑪蒂娜的模樣，在場的幾十名騎士就全部動彈不得。

今天的這傢伙很危險。

在與瑪蒂娜長達十年的訂婚史中，是歷年來最危險的情況。

有多次面對危機經驗的幹部，雙腿因為恐懼而不受控得令人發笑。

「城寨的那些人在做什麼……」

幹部之一不由得低聲埋怨，瑪蒂娜對他嘿嘿笑了。

「因為我趕著出發時，大家都前來阻止我……我用拳頭『說服』了二十個人左右，他們就爽快地送我離開了……不過由於『說服』花了些時間，才會比較晚抵達。」

少女輕描淡寫的話語令會議室變得鴉雀無聲。看著現在的她，不會有任何白痴懷疑內容的真偽。

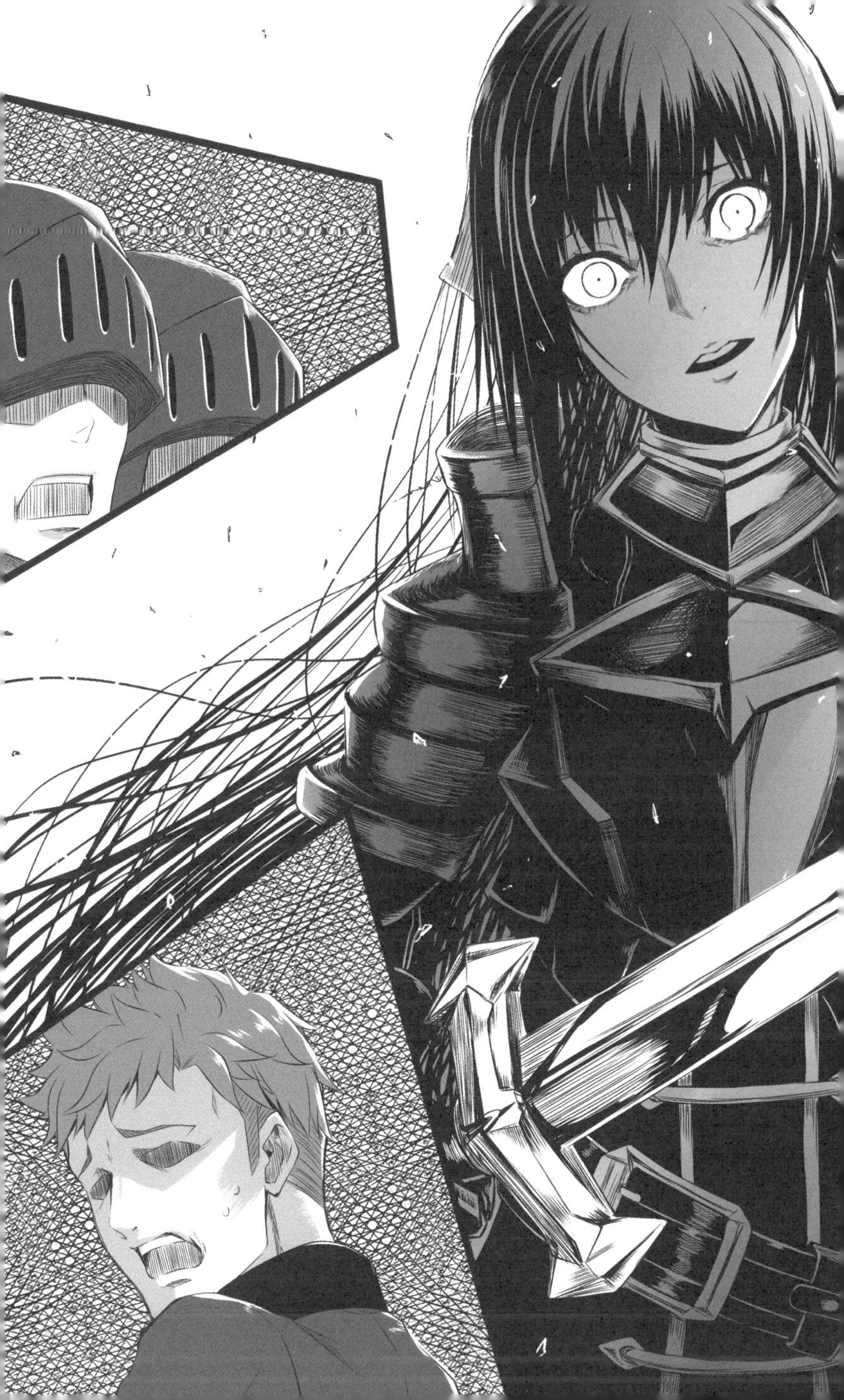

在令人窒息的氣氛中，阿比蓋爾卿舉起手叫住她。

「瑪蒂娜……我知道妳一定很在意賽克斯的傳聞，但妳身為騎士團的一員，擅離崗位來見他可是個問題喔。」

瑪蒂娜狠狠瞪向騎士團長，含淚大喊：

「這種事我當然知道，但現在管不了那麼多！乾巴巴的大叔或許無法理解，賽克斯可是出軌了啊！現在不是悠哉守護國家的時候！」

「拜託妳，這種時候請以國家為優先！」

「我不要！我是為了守護賽克斯才成為騎士的！就連宣誓成為騎士時，我也暗自將『國王陛下』換成『心愛的賽克斯』喔！我的劍是為了守護與賽克斯的未來而存在！對於一個從未交談過的大叔，我根本一點也不在乎！」

「那是身為騎士最不該說出口的話啊！」

瑪蒂娜把目瞪口呆的大叔們放一旁，一步一步地逼近賽克斯。

「賽克斯……到底是怎麼回事？好好跟我說清楚……」

「那……那個，呃……」

在瑪蒂娜身後，一名隊長以手勢下達指示。在旁待命的騎士一齊採取行動，同時朝她身後撲上去。

以肉眼幾乎看不見的速度拔出的劍各往左右揮動了一下。

僅僅幾秒鐘後。

在瑪蒂娜左右兩側，被砍飛的四名騎士呻吟著倒地打滾。他們似乎沒有受傷，不過全摀著胸口滿地翻滾。

幹部們不由得嚥了口水，下意識後退了一步。

「不僅以那種速度揮動，甚至以刀背擊中胸甲……？」

其中一名隊長愕然低語。她看都沒看一眼就同時擊中了從後方撲來的數名士兵的裝甲，簡直神乎其技。

「啊，還是老樣子，只有在事情跟賽克斯扯上關係時才那麼厲害……」

「的確如此……不愧是『純愛的狂戰士』！」

瑪蒂娜雖然是年輕人當中的潛力股，平時的實力也頂多在見習騎士的前五名以內，程度理應不如數一數二的賽克斯……但唯有在賽克斯身邊有其他女人的身影時，她才會莫名其妙地發揮出超人般的瘋狂力量。

「原本以為暫時把她放到邊境分開一段時間，腦子也能冷靜下來……」

「結果是不是反而因為見不到面惡化了？她原本不會不由分說就放棄任務回來吧……」

眾人竊竊私語，同時瞥向賽克斯。「快點結婚啦」的無聲壓力令臉色史無前例地鐵青的賽克斯開口反駁：

「開……開什麼玩笑？你們一副事不關己的樣子……在『硬塞給別人』之前，自己先結婚看看啊！」

在這瞬間。

觀眾一齊露出「啊……！」的表情，令賽克斯意識到自己的失言。

賽克斯戰戰兢兢地回過頭。

在瑪蒂娜進入賽克斯的視野之前，他已經先看見她漩渦般的怒氣。

他害怕得不敢繼續轉過去，與彷彿會將人燒焦的灼熱怒氣相反……一道冰點以下的冰冷低語聲傳進耳中。

「賽克斯……欸，你對我有什麼不滿？如果有話想說，就面對我說出來啊。拜託，我們是什麼交情了？我希望你坦白告訴我……」

未婚妻懇求般的話語令賽克斯也下定決心，心驚膽戰地開口：

「……瑪蒂娜，我跟妳說……」

「不要！我不想聽那種話！」

「我什麼話都還沒說耶！」

賽克斯什麼都沒能說出口，臀部就先被用力踢了一腳而往前撲倒。他往側邊一滾，仰躺在地上。

在他匍匐逃跑之前，瑪蒂娜手上的劍維持劍尖朝下，在他面前岔開腿站立。

「我聽見一些奇怪的傳聞……賽克斯最近似乎沉迷於某隻名叫瑪格麗特還是什麼的母豬……欸，賽克斯～你會跟我結婚對吧？不會入贅養豬農家吧？」

只要看著瑪蒂娜的眼神，就連有些少根筋的他也明白現在的情況可不是在開玩笑。瑪蒂娜因為傳聞，完全瘋了。

為了避免刺激她，賽克斯露出討好的笑容附和：

「喔……對啊，當然了，瑪蒂娜！我……」

「少撒謊了！我昨天一天已經到處問過，得到的都是『賽克斯對瑪格麗特這隻發情的母狗著迷』的消息！」

瑪蒂娜跨坐到仰躺的賽克斯身上，揪起他的衣襟，掄起拳頭。

「你知道、我在、遠征的、地方、究竟、有多麼、想你嗎！」

在每個斷句之間都會響起「叩」或「啪」的沉重毆打聲。

「我只、愛著、你、一個、人！不准、看、其他、女、人！」

間隔愈來愈短。單是在旁觀看的群眾都開始擔心單方面挨揍的賽克斯會不會已經死了。

「只准、看著、我、一個、人！我、不想、因為、這種、事情、而、揍、你！」

由於她打個不停……比起賽克斯是否還活著，觀眾已經開始擔心賽克斯能不能保留全屍了。

「你、明白嗎?雖然、你、或許、也、很痛，但是、我的、心、可是、比你、痛上、許多、啊！」

跨坐在他身上的少女抬頭仰望天空，以悲痛的表情吶喊著。

……聽見她那充滿哀傷的吶喊聲，周圍的人們一致心想：

「不，絕對是賽克斯比較痛吧。」

周圍的人在內心達成共識。

瑪蒂娜仍然帶著扭曲的笑容，開始摸索佩在自己腰間的匕首。

「啊，賽克斯……你會出軌都是這世上還有其他女人的錯吧？畢竟我無法殺光全世界的女人，只好讓我們倆前往無人能打擾的天堂了。呵呵，只要在天堂，就永遠都只有我們兩人喔。」

就在騎士們互相推託該由誰上前阻止，瑪蒂娜找到腰間的匕首時……

一道不同於瑪蒂娜的女性聲音傳來。

「快住手！別為了我起爭執！」

在場的人一齊往聲音傳來的方向看去……只見瑪格麗特率領著艾略特與他的馬屁精們走了進來。

騎士的臉色都變得更糟了。

多事的傢伙竟然跑來了……！

專屬於賽克斯的瞬間熱水器被投入了額外的燃料！

看見瑪格麗特的阿比蓋爾卿大喊：

「波瓦森小姐，快逃啊！瑪蒂娜已經處於狂戰士狀態，無法阻止了！」

「什麼？」

不熟悉的詞彙令瑪格麗特歪著頭感到納悶。

而綁著馬尾的女子搖搖晃晃地從一動也不動的賽克斯身上站了起來。

「哦……妳就是母豬兼母狗兼狐狸精的單人動物園嗎……」

「單人……？妳是誰啊！」

在強硬地回應的瑪格麗特身旁，馬屁精全都害怕地發抖。眼前的女人不管怎麼看都很不正常，顯然是瘋了。順帶一提，蕾切爾雖然沒有瘋，但同樣不正常。

眼神不正常的黑髮女子撿起剛才扔在地上的劍，浮現扭曲的笑容。

「幸會，我是賽克斯的未婚妻瑪蒂娜．伊凡斯。」

「喔……妳好？」

瑪格麗特一頭霧水地點頭致意，瑪蒂娜朝她踏出一步。

「為了被妳蠱惑而吃盡苦頭的賽克斯……」

「不，讓他吃盡苦頭的人是妳才對。」

騎士團全員都在心裡這麼想，但很明智地沒有半個人說出口。
瑪蒂娜絲毫不在意他們所想的事，只是盯著瑪格麗特看，臉上崩壞的笑意更深了。
「……我要妳的項上人頭！」
「瑪格麗特，危險！」
艾略特預料到瑪蒂娜的下一個行動，擒抱住瑪格麗特將她拉倒，瑪蒂娜的大劍在千鈞一髮之際擦過她的頭頂上方。鈍重的劍尖一口氣從比身體慢了一步的雙馬尾髮梢斬斷了幾十根頭髮。
「好痛！」
「嘖，躲過了嗎！」
瑪格麗特在瑪蒂娜的劍回到手邊後才掌握了情況。當她理解到自己的身體原本會被瑪蒂娜的劍一刀兩斷時，臉色頓時鐵青。
「妳……妳啊……隨便亂揮舞刀劍很危險耶！」
「那當然，因為我是為了奪走妳的性命而揮的。」
瑪蒂娜重新握好了劍。
「在這世上實在有太多會對賽克斯送秋波的母狗了。我要與賽克斯一起到天堂，過著只有我們倆的幸福生活。」

「啊？哦，是喔？」

「所以，為了避免骯髒的妳追上來……為了避免妳一起跟來天堂，我現在要把妳剁成碎片撒在豬圈裡。」

「我不等！」

「哦……呃，把我？為什麼？等一下！」

瑪蒂娜一步步逼近；瑪格麗特一步步退後。

「只要談談就能理解的！」

「無需多言！」

瑪格麗特明白瑪蒂娜完全瘋了之後，隨即轉身如脫兔般逃了出去。

原本要追上去的瑪蒂娜沒注意腳邊，踩到剛才使出擒抱術後倒下的艾略特的頭而摔倒。

「呼嘎啊！」

「可惡！」

「唔呃！」

踢開礙事的人，瑪蒂娜連忙起身，不過由於浪費了十秒左右的時間，只見瑪格麗特已經跑到遙遠的另一頭了。

「別想逃！」

瑪蒂娜也揮著劍，全速追擊紅髮少女。

開始妳追我逃的兩個女人離開之後。

騎士團員這才宛如解除鬼壓床，開始向王宮警衛兵下達指令……而波蘭斯基跪著靠近以此為背景躺在地上的艾略特。

「殿下，做得漂亮！瑪格麗特小姐成功逃跑了！」

「是……是嗎……？哈哈，那就不枉費我用身體當盾牌了……比起這個，我的鼻血流個不停，誰身上有草紙……」

⚜

「母豬，別逃！我要把妳剁得比接濟貧民的燉菜肉片還要薄！」

「誰要被煮來吃啊～～！我跟廉價豬肉每公斤的單價可不一樣！」

瑪格麗特與對方進行牛頭不對馬嘴的對話，一邊以短跑選手的方式逃跑。

雖說輕便仍身穿鎧甲的瑪蒂娜則揮著長劍追趕那個速度。

由於害怕兩者的氣勢與不時揮舞的長劍破壞力，王宮裡的朝臣四處逃竄。有時會出現以鐵製大盾布陣等候的士兵，試圖加以包抄壓制……

但是在瑪格麗特身後，以大盾阻擋的士兵紛紛被拋向空中。明明是鐵製的大盾一被劍砍中，就彎成く字型飛了出去。

不妙，這樣下去會被剁成細絲！

那是切蘿蔔的方式……喂，誰是蘿蔔腿啦！

不不不，現在不是玩單口相聲的時候。瑪格麗特為了在撐不下去之前能找到地方躲藏，刻意選擇狹窄的地方逃跑。

⚜

韋瓦第親王將裝飾在賓客用玄關的壺介紹給宰相。

「這是老夫向最近備受讚譽的年輕陶藝家訂製的大壺，相當不錯吧？」

「哦……刻意控制釉藥的濃淡，令人得以享受漸層感……相當有意思啊。」

「嗯，老夫個人自信這是足以流傳後世的作品喔。」

這時，宰相府的低階官員一臉慌張地跑了過來。

「親王殿下！宰相閣下！請緊急避難！臣接到聯絡，有暴徒正在宮殿裡作亂……！」

就在侍從連忙催促兩人離開之前……颱風已經到來。

「去死吧！」

「我才不要！」

雙馬尾少女一溜煙躲到大壺後方，馬尾少女則以長劍將大壺一刀兩斷。

乍看之下似乎沒有損傷……但壺的表面顯露出刀痕，緊接著，壺身沿著刀痕出現裂縫，然後因衝擊波而爆炸四碎。

親王目送頃刻間過境的暴風雨離去，對宰相說：

「……老夫個人『曾經』自信這是足以流傳後世的作品喔……」

⚜

瑪格麗特不知道，瑪蒂娜只要在事情扯到賽克斯時就會失控，這件事十分有名。

清楚此事的王宮人員在這段妳追我逃的過程中都躲在自己的房裡，拚命壓住房門確認門不會打開。由於所有門幾乎都是關著的，偶爾出現的士兵也都不可靠，瑪格麗特兀自拚命跑在空無一人的走廊上。

「得設法逃跑……有沒有什麼跟她拉開距離的方法……？」

「站住！別想逃！母豬————！」

充滿怨恨的咆哮聲從身後接近，因為對方擁有實體，比路邊的怨靈可怕許多。瑪格麗特的腦中一瞬間浮現「世上最可怕的其實是活生生的人類喔」這樣一句無關緊要的格言。

她跑了太久，身心都已經無法負荷了。順帶一提，在筆直延伸的走廊前方，可以看見盡頭的陽臺。記得陽臺外側是有座大噴泉的廣場，換言之，是戶外。

瑪格麗特回頭瞥了一眼，發現那個瘋女人臉不紅氣不喘，已經逼近到剩下一開始的一半不到的距離。

瑪格麗特下定了決心。

「可惡～～努力上吧～～！」

瑪格麗特使盡全力衝刺，並順勢就這麼躍出陽臺……跳上欄杆作為踏臺，將雙腿的彈性活用到極致，跳向空中。

少女從二樓陽臺跳到半空中，繪出了漂亮的拋物線……跳了相當遠的距離後，撲通掉進有噴泉的四方型水池裡。

瑪格麗特浮上水面，剝開黏在臉上的頭髮後，連忙仰望陽臺。只見緊追著她從陽臺上跳下的馬尾少女（瑪蒂娜）由於跳躍距離遠不及自己，砸上陽臺前廣場的石版地。

「很好！」

即使跑步速度相當，與穿著輕便的瑪格麗特不同，身上有鎧甲與長劍重量的瑪蒂娜起跳時需要更大的力量。就連瑪格麗特也才勉強躍進池塘，換作是瑪蒂娜，實在不可能跳得到。

瑪格麗特看著士兵一齊撒網抓住瑪蒂娜，一邊爬上岸，這時才終於感到無力……

「……啊～～……再來一次真的會死……」

她當場呈大字型癱倒在地。

⚜

蕾切爾闔上原本在看的書，看向坐在地牢前側地板上的獄卒。

「你今天在這裡待得真久呢。」

「是啊……因為這裡似乎是最安全的地方。」

幾天後。

在騎士團值勤室一隅，瑪蒂娜坐在賽克斯的腿上，一邊散發甜蜜的氣息一邊打情罵俏。

「欸，賽克斯……你愛我嗎？」

「嗯，當然嘍。」

「婚禮上穿怎樣的禮服比較好呢……雖然沒有自信，我適合魚尾禮服嗎？」

「嗯，當然嘍。」

「你想要幾個孩子？我想要五個左右耶。」

「嗯，當然嘍。」

「賽克斯，你真是的～這時候要回答人數才對啦。」

「嗯，當然嘍。」

面對展現幸福笨蛋情侶模樣的瑪蒂娜的詢問，頸部裝著固定架（石膏），鼻青臉腫的賽克斯就像一具傀儡般點著頭。若不論賽克斯的回答聲調，硬是要將兩人的情況視作情侶間的調情也是可以的。

雖說在大庭廣眾之下坐在對方大腿上這種不檢點的行徑，就連瑪格麗特也沒做過……不過在值勤室裡的騎士沒有人敢譴責她。倒不如說，大家都裝作沒看見。試圖阻止（自認為）正與賽克斯度過甜蜜時光的瑪蒂娜……可說與自殺行為無異。如果要被瑪蒂娜殺掉，從城牆上跳下去自盡都還比較輕鬆。

從窗外偷窺的高層當中，騎士團長（賽克斯爸爸）悄聲說道：

「希望瑪蒂娜發作能夠就這樣平息……」

他周遭的幹部也低聲交談。

「從她慎選問題以避免與賽克斯那壞掉的回答矛盾來看，應該已經冷靜許多了吧？」

「不，誰知道呢……？或許只是讓他順著自己的意思回答罷了。」

「若她又因為某些情況爭風吃醋而吵起來，會再次發作導致重蹈前幾天的覆轍啊……」

前幾天的那件事，引發令瑪蒂娜只差一步就會被視為內亂罪現行犯，即使接替蕾切爾入獄也不奇怪的騷動……不過由於賽克斯本身也有錯，未婚夫妻間的暴力（家暴）行為就不予過問了。

不，即使無視於此，抗命、對戰友行使暴力、入侵王宮、對長官失言、違背誓詞、對王子施暴、毀損器物、妨害公務執行、對親王的不敬行為、暗殺男爵千金未遂等各項現行犯，都可說是足以呈報高層三次的罪狀……不過上至親王下至一介士兵，都不想與陷入戀愛腦（？）時的瑪蒂娜扯上關係，於是這起事件就在不知不覺中不了了之了。

相對地，為了防止她再次發作，騎士團高層現在才會像這樣湊在一起傷透腦筋。

「還是讓瑪蒂娜離王宮遠一點吧，為了避免她在視野所及之處造成損失，這是最快的方法。這次也讓賽克斯陪她一同前往，讓他們在偏僻的地方玩新婚家家酒吧。這麼一來，即使她又鬧起來，頂多也只會毀掉半座城寨。」

眾人都點頭同意副團長的意見，而心情複雜的父親也重重地嘆了口氣。

「原本是為了矯正過於依賴賽克斯的瑪蒂娜才把兩人拆開，將她送去國界……不過，趁此機會讓賽克斯定下來也是可行吧。」

在窗戶內側的瑪蒂娜開心地說了些什麼，賽克斯則機械式地點頭肯定。

「話說回來，賽克斯還真強壯啊，被打得那麼慘竟然還活了下來……不過當初被那顆腐爛罐頭噴到時，他也只泡了個澡就痊癒了。」

「這就是他的優點啊……不過……」

騎士團長環顧周遭的親信。

「這件事果然與佛格森小姐有關嗎？」

「當事人承認了，她表示自己寫了封報告近況的書信給瑪蒂娜。」

「畢竟如果想排除賽克斯，只要把波瓦森小姐的事告訴瑪蒂娜就可以一次解決啦。」

「雖然她並沒有做什麼壞事，但原因確實出在她身上……」

騎士團長抬頭仰望天空。

「得請陛下盡快回宮……佛格森小姐持續昇級的惡作劇難保不會讓王宮化為廢墟。」

「哈哈哈，下次會使出什麼招式呢？」

「別說這種不吉利的話！要是繼續引發騷動還得了！」

話雖如此……只要艾略特王子與蕾切爾小姐之間的關係維持現狀，想必還會再發生其他事情。

只能想像出令人發愁的未來，令騎士團的幹部們無不垂頭喪氣。

Slow Life of a Young Lady
in Prison. Triggered by
Breaking Off the Engagement
Second volume

第 7 章

憂鬱的王子殿下放不下心

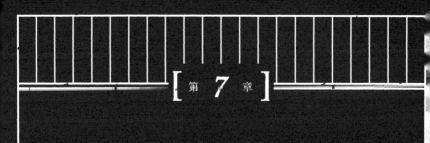

35【千金小姐飼養寵物】

身穿剪裁精緻裝束的老人與壯年男子在後院裡散步。不用說也知道，他們正是親王與宰相二人組。

「我聽說關於前幾天被砍壞的壺，陶藝家答應會立刻做一只新的來代替啊。」

「是啊，對方知道後表示遺憾，並答應會優先其他訂單替老夫處理……畢竟那天之後，老大臥床了好一陣子啊。這麼一來也令人感覺舒服一些。」

兩人在交談的期間走近池畔，親王仰望著種在池塘邊的某棵樹。

「哦，果實成熟啦。」

在這棵長得高大的樹上，孩童拳頭般大小的紅色果實結實纍纍。相當豐碩的成果令親王開心地瞇細雙眼。

「老大認為只要在鳥兒聚集的飲水區長有美味的果實，就會聚集更多鳥兒過來，才會在大概十年前種下這棵姬蘋果樹。」

「殿下……我聽說姬蘋果不美味且難以下嚥，鳥兒會吃嗎？」

「那是授粉用品種的姬蘋果，小玉蘋果的總稱也叫姬蘋果。老夫種了幾個代表性的品種……嗯，今年也差不多到產季了，有的上面已經有咬痕啦。」

「是啊……啊，上頭好像有什麼喔。」

宰相指往某個方向，親王也急急循著看過去。

「哦，白色的棉毛十分可愛啊。」

「是啊，是蓬鬆的毛看起來很柔軟的……猴子？」

兩人面面相覷，揉了揉眼睛後再度仰望樹上。

樹木上方，那隻猴子在枝椏間跳躍。全身包覆著看似柔軟的白色短毛，體長三十公分左右，尾巴與身體差不多長。

猴子不知為何揹了個籃子，從日曬充足的地方挑選成熟的果實放進籃子裡。

「是猴子……吧。」

「是猴子……沒錯。不過從沒聽說過王宮裡有猴子出沒啊。」

既然揹著工具，表示牠是有人飼養的猴子吧。話說回來，竟然有人在王宮放養猴子……

猴子一邊摘取長得很好的果實，一邊也自己吃了起來。牠這時也將好吃的部分啃完，正要扔掉果核時……發現了兩人。

猴子與兩人就這樣互相凝視了一會兒。

猴子從手邊接二連三摘下長得不錯的果實，朝兩人的方向共扔了五六個。

「唔哦？」

「怎麼搞的？」

猴子扔了幾顆蘋果後，咧嘴一笑送了個秋波，還豎起拇指。

他的表情簡直像是……

『肚子餓了吧，我請客，儘管吃啊。』

這麼說著。

籃子似乎已經裝滿，猴子開始從樹上蹦蹦蹦地跳下來。

「討厭，那隻猴子……真有男子氣概。」

「討厭～總覺得內心小鹿亂撞了起來。」

親王與宰相看著抵達地面的猴子會往哪裡去……只見牠手腳並用地噠噠跑向之前恩里克（暫稱）消失的那個通風口。

裡面傳來一名年輕女孩的聲音。

「哎呀，海利～～你摘了好多來喔。謝謝你，乖孩子。」

親王與宰相面面相覷。

「似乎會比艾略特可靠啊。」

「蕾切爾小姐也找到了一個好男人。」

⚜

艾略特王子十分激動。

「可惡……我沒能守護好賽克斯……」

馬屁精也流著淚報告。

「在他昨天出發之際，我們前去送行……他看起來整個人魂不守舍，模樣簡直像是一頭要被送去市場，對自己的命運有所覺悟的公牛……啊，我的眼淚……」

波蘭斯基也一臉沉痛地仰望天花板。

「至少……至少伊凡斯小姐如果是平胸，賽克斯閣下也能成佛……」

「沒這回事。」

艾略特順著內心的煩躁敲桌。

「該死，全都是蕾切爾的錯！把瑪蒂娜找回來根本是禁忌的一手吧！她知道這會對王宮或騎士團造成多大的損傷嗎……而且每個傢伙都說責任出在我們身上……」

眾人都因為悶悶不樂而陷入沉默，還有人忍不住吸了吸鼻子。在沉重的氣氛中，一名侍從來到艾略特的辦公室，留下表示是急件的親王親筆便條。

「親王殿下有何貴幹？」

「……又是蕾切爾……」

「……我想也是。」

艾略特讀完後將便條扔到桌上，手掌拍了上去。

「那個混帳，這次竟然利用猴子……摘後院的果實！」

「……啊？」

⚜

察覺到艾略特熟悉的凌亂腳步聲，躺在可調式躺椅上的蕾切爾從書中抬起頭。

「是殿下啊，您今天來得比平時晚呢。」

「多虧了妳啊！……妳這傢伙，現在可是王子駕到喔！好歹也該站起身行個禮吧！」

「雖然我想這麼做～但畢竟有這孩子在啊～」

由於蕾切爾語調莫名緩慢地回應，艾略特窺探牢房裡……只見在蕾切爾的肚子上睡著一隻小猴子。

牠一副很舒服的樣子動著雙脣，將高貴的千金小姐當成床墊睡得很熟。

如果只是這樣也就罷了。

「……喂，妳的意思該不會是因為不想吵醒猴子，才無法向我行禮吧？」

「這也是沒辦法的事啊。飼養寵物的人總會把寵物看得比世上任何事物來得重要。」

「什麼叫沒辦法的事！妳別以為這種任性在社會上行得通！」

「殿下竟然對我說出義正詞嚴的言論，真噁心〜」

「妳那種講話方式就跟寵物完全無關了吧？根本是刻意要對我無禮吧？」

這時，在蕾切爾肚子上睡午覺的猴子也醒了過來。牠以惺忪的睡眼看著罕見的客人。

艾略特與猴子四目相交。

「所以說蕾切爾，這傢伙是怎麼回事？」

「您是說這孩子嗎？牠是白毛捲尾猴海利。海利，打個招呼吧。」

蕾切爾這麼說，猴子先看了主人的臉一眼，再將視線移回艾略特身上，舉起右手。

『嗨。』

「不對喔，海利。那是對親近的人打招呼的方式。」

海利察覺到自己的錯誤，站起身來將屁股朝向艾略特輕輕拍了拍。

『慢走不送啦。』

「這也不對吧。海利，好好看著對方打招呼。」

海利盯著艾略特看了一會兒，站起身來將雙手的拇指塞進耳朵，剩下的手指與舌頭一起劇烈地上下擺動。

『白痴白痴～』

「殿下，真抱歉，看來牠還沒記住所有技藝。」

「惡意已經傳達得夠清楚了！只要跟妳扯上關係，連猴子都會這樣嗎？妳到底教了牠什麼東西！」

「我投注了愛情很仔細地教導牠。」

「妳是忘了教牠禮儀嗎！還是常識！」

「應該是如何奉承吧。」

艾略特指著正在打呵欠的猴子。

「說起來，這傢伙為什麼會在這裡！」

蕾切爾用手托著臉頰，開心地呵呵笑了。

「牠似乎是因為我不在家感到寂寞，才會到這裡來找我。」

艾略特聽她說了似乎很理所當然的話，瞪著半空，在腦中計算從佛格森公爵宅邸到王宮的距離。搭乘馬車大約是三十分鐘。

「少說謊！從妳家宅邸到這裡的距離很遠！從沒來過這裡的猴子是怎麼抵達的！」

猴子拿出一張有摺痕的手繪地圖。

「牠似乎是請女僕畫了地圖，然後沿途問路才到的。」

「門衛在搞什麼！怎麼能讓猴子通過！」

「這裡的門幾乎都是透明的呢，啊哈哈哈。」

「這裡可是王宮！一點也不好笑！」

艾略特清了清喉嚨，言歸正傳。

「我接到抱怨，妳這傢伙的猴子擅自去摘為野鳥栽種的水果。」

他指向一臉呆愣的猴子。

「牢房裡不能飼養寵物，把牠扔掉！」

「我不能離開這裡，所以沒辦法扔掉牠。」

「那就叫牠自己回去！」

聽見王子的命令，蕾切爾與猴子抱在一起。

「海利，聽見了嗎？殿下竟然要把你獨自扔到街上……很過分吧？很沒人性吧？要是你迷路死在路邊該怎麼辦？這種人如果成了下任國王，這個國家會變成怎麼樣？我國的未來真是一片黑暗。」

「吱吱……」

主從抱在一起潸然淚下，艾略特對他們怒吼。

「牠是自己到這裡的吧？明明可以獨自前來從沒到過的王宮，怎麼會無法自己回家？」

「哎呀，真令人意外，您的思考相當有邏輯呢。」

「吱吱～」

「你們都在假哭嗎！竟然連寵物都這麼精明嗎，啊？」

海利走近大發雷霆的艾略特，爬上鐵柵欄遞給他一顆姬蘋果。

「嗯？什麼？」

「吱吱？吱嘎嘎！」

艾略特下意識接過去後，猴子說了些什麼。依然攤開書本的蕾切爾視線停留在書上，同時替牠翻譯。

「『既然你接過去，你也是共犯了』，牠似乎是在這麼說。」

「這傢伙真的是猴子嗎？」

蕾切爾將躺椅椅背傾斜，而猴子則爬到她的肚子上。牠以蕾切爾的胸部為枕頭，自己也躺了下來，然後瞥了艾略特一眼。

「嗯？」

艾略特回看猴子，只見牠刻意讓自己的頭彈起強調主人胸部的Q彈，然後咧嘴一笑。

「……這傢伙。」

猴子進一步向艾略特吐舌頭，將拇指放在鼻頭上，擺動其他手指。

「你這混帳傢伙！」

艾略特突然怒吼，蕾切爾朝他看去。

「您怎麼突然吼起來，殿下？」

「這隻死猴子瞧不起我！」

「您幹嘛跟一隻猴子認真啊？」

「呃，可是這傢伙剛才不也打算設計我成為幫凶嗎！」

「那只是我自己說『或許是這樣』罷了，請您以常識思考。」

「妳這傢伙竟然跟我提常識……」

「猴子不可能會做出那種事，是殿下您有被害妄想症。」

「唔……！哼，也罷！誰要跟區區猴子在同層級爭辯啊！」

當艾略特說著逞強的話並看向猴子時，只見猴子對被蕾切爾訓誡的他奸笑。

「這個傢伙……」

艾略特咬牙切齒，這時猴子像是突然發現什麼似的看向艾略特身後。看見跟著艾略特的瑪格麗特……

猴子睜圓雙眼露出吃驚的表情，接著掩住露出壞笑的嘴邊，抬眼看向艾略特。

『哇喔，你喜歡這款的？嗚哇──品味真差！』

「你給我滾出來！我要宰了你！」

「現在又怎麼了，殿下……」

「這隻死猴子竟敢澈底瞧不起我跟瑪格麗特！」

「咦？我嗎？」

突然聽見自己的名字，瑪格麗特吃驚地插話。她看見猴子就展露笑容。

「哇啊！好可愛的猴子～～！」

聽見瑪格麗特嬌嫩的聲音，猴子也露出可愛的表情，甩動尾巴。

「這孩子做了什麼嗎～～？」

「唔唔……！」

總不能告訴當事人她的胸部被嘲笑了。

「……許多不可告人的事情。」

「殿下……在剛才那麼短的時間內，您跟猴子究竟溝通到什麼地步……」

馬屁精也都以懷疑的眼神看著他。

「呃，那是……」

正當艾略特苦惱於該如何說明時，蕾切爾也加以追擊。

「猴子不會說話，所以不可能理解細節吧……殿下，您是不是將自己潛意識所想的事情與猴子的小動作重疊了呢？」

「唔唔……？」

不受任何人理解的艾略特恨恨地咬牙切齒，猴子又當著他的面露出討厭的笑容，並做了個帶性暗示的猥褻手勢。

『做了嗎？欸，你們已經做了嗎？』

「你～～這～～混～～帳～～！我絕不原諒你！我要讓你成為佩劍上的鐵鏽！」

艾略特毫不在意劍刃受損，拔出劍來胡亂揮砍鐵柵欄。

「殿下，您怎麼了？」

「殿下，請振作一點！冷靜下來，冷靜下來啊！」

「啊，這時候要是有賽克斯閣下在……」

馬屁精們大為混亂，試圖制止拔出真劍的艾略特。

「艾略特殿下，請冷靜下來！」

瑪格麗特緊挨住氣喘吁吁的艾略特王子，他才總算恢復了冷靜。

「到底發生了什麼事？」

「那隻死猴子……那隻死猴子竟敢對我開黃腔……！」

「猴子就只是在睡覺，什麼也沒做啊。」

「這傢伙是個陰險的垃圾混帳！只有在沒人看見時才……！」

艾略特說著看過去，只見猴子已經不在一臉疑惑的蕾切爾身上了。

「嗯？臭傢伙上哪兒去了……？」

艾略特下意識尋找，這時不知不覺跑到鐵柵欄這一側的猴子出現在他的視線範圍內。

猴子蹲在地板上，悄悄拎起瑪格麗特的裙襬，往裡頭偷看。牠注意到艾略特的視線，就迅速指向身旁的一塊白布。

『白色的喔。』

「是白色的嗎？」

「什麼東西是白色的？」

「咦？不，呃……」

艾略特被完全沒發現猴子的瑪格麗特這麼問，為之語塞。畢竟總不能說「猴子告訴我妳的內褲顏色」吧。

對舉止極為可疑的艾略特來說，不僅是蕾切爾，連侍從看著自己的眼光都令人吃不消。

即使想說明，也沒人會相信那隻猴子表達想法的能力與人類相當。正當他緊咬下唇，煩惱該如何解釋時……

回過神來，猴子已經靠近艾略特。牠手肘靠著他的小腿，聳聳肩搖了搖頭。

『你也很辛苦啊。』

「你以為是誰害的啊！這隻死猴子————！」

「哇啊啊啊啊！」

艾略特這次開始朝著自己腳邊胡亂揮舞佩劍。瑪格麗特慘叫，馬屁精四處竄逃。

「殿下，冷靜一點！」

「御醫，快請御醫過來！」

猴子輕鬆地閃開白刃，迅速逃進鐵柵欄另一側，跳到蕾切爾的胸口上。

「海利，沒事吧？」

「吱吱……吱吱，吱吱，吱嘎嘎……吱吱~~?吱嘎，吱嘎~~……」

猴子露出可愛的表情，眼眶含淚，揪著蕾切爾的胸口，比手劃腳地訴說著艾略特有多麼可怕。

「啊，海利，真是可憐。竟然這麼害怕……一定很恐怖吧？」

「吱吱~~……」

「殿下！您竟然拿普通猴子當出氣筒，真是差勁透頂！」

「我……我是！因為這隻死猴子做出極為不敬的舉動，我才……！」

「猴子能做什麼？頂多只有拉扯衣服或拿走東西吧？竟然因為這樣就拔出佩劍……！」

「就是說啊，艾略特殿下！至少這點是蕾切爾小姐說的比較正確喔。」

「瑪格麗特，我……！」

「殿下……您稍微冷靜下來。好了，我們回辦公室喝杯茶吧……」

「你們！」

沒有任何人相信自己。

「吱嘎嘎～……」

「乖，海利，一定吃了不少苦頭，很想哭吧？乖孩子，乖孩子，有我在喔。」

「艾略特殿下，不能欺負猴子先生喔，聽懂沒！」

「殿下，這把佩劍已經被您砍爛啦……該如何向師傅交代？」

艾略特與在異口同聲湊近的馬屁精另一側被蕾切爾抱著的猴子視線相交。死猴子海利從沒人看見的角度露出邪惡的笑容宣示勝利。

「……想哭的人是我才對啊啊啊啊啊！」

艾略特的喊叫聲在地牢裡迴盪。

⚜

看見艾略特一行人回來，正好在場的親王詢問：

「如何？你替老夫向蕾切爾小姐拜託猴子的事了嗎？」

「這個嘛……」

他循著侍從的視線看去，氣憤難平的艾略特怒吼：

「我無法接受——！」

「不是適合提那種事的時機……」

「……似乎是如此。」

⚜

蕾切爾給了海利一根香蕉。這是在昨天的補給品中與海利一同被送進牢裡的罕見南國水果。

「來，這是給海利的獎品，做得很好。」

「吱嘎！」

身為飼主，蕾切爾當然很清楚海利的本性。

⚜

幾天後。

幾顆姬蘋果擺在親王的桌上。

「這是殿下應得的份嗎……沒想到猴子竟然還會繳納貢品。」

「老夫想要的並不是自己的那一份啊……」

36【猴子在王宮裡散步】

察覺到周遭變亮，海利揉了揉惺忪的睡眼，睜開眼睛。外頭的光線也透進這石造房間。看來是天亮了。

牠正想起身，身體卻被緩緩抱住。只見主人摟著自己睡著。

「吱吱～（該怎麼辦才好呢……）」

雖然也能甩開她的懷抱起床……

不過牠決定今天就這樣等待主人醒來，畢竟自己並沒有忙碌到從一早就有行程。而且要是可愛的女孩從睡夢中醒來卻發現身旁空蕩蕩的，豈不是很可憐嗎？

⚜

海利稍微睡了回籠覺後醒來，看見起床的主人已經替自己準備好早餐，便也坐了下來。

海利的食物基本上是新鮮水果。盤裡可能是自己外出採回的食物或可以生吃的蔬菜。

雖然牠也可以吃肉或麵包，但蕾切爾不太會給牠加工料理。她曾經說過「煮過的菜會有鹽分……」這種不可思議的話，鹹一點明明更美味啊。

在石造單人房這種莫名其妙的地方，不像主宅那樣有主人的僕人隨侍。少了女僕姊姊們的寵溺雖然有些美中不足，但相對地，待在這裡時蕾切爾就能整天陪在自己身旁，這樣也不錯。

吃完早餐後，主人會替自己梳毛。這麼一來，海利的晨間例行公事就完成了。牠會在主人身旁玩一會兒，如果沒什麼特別的事就會出去散步。

今天似乎沒有差事或需要陪玩。海利用手勢告知蕾切爾自己要外出後，就從換氣窗出發去散步。

⚜

牠先揹起籃子，從後院到走廊上邊走邊撿垃圾。重點在於要盡可能在有人會經過的地方這麼做。

「哎呀，猴子先生，你在撿垃圾嗎？真了不起。」

「好可愛喔～～！」

海利向替自己加油的女孩們揮揮手，同時繼續撿起顯眼的垃圾。如果在有人會看見的地方這麼做，反應會很好。由於對主人的評價也會跟著提昇，牠外出時總會盡可能這麼做。

牠把撿到的垃圾扔進垃圾桶時，那個金髮笨蛋的手下正好路過，還跟一個女孩子在一起，氣氛看起來挺不錯的，感覺差不多快牽起手了。

「咦？我記得這隻猴子是佛格森小姐的寵物……」

「咦？不過那位千金正在坐牢吧？為什麼她的寵物會出現在王宮裡……？」

海利是隻機靈的猴子。雖說是金髮笨蛋的手下，但只要給他一些好處，搞不好他會與主人好好相處。

有什麼好東西呢……對了。就把自己昨天從有許多攜帶武器的人所在的建築物裡，一個排滿床的房間（騎士團值夜室）「書架後方撿到的書」送給他吧。正好裝在籃子裡。

「吱吱～」

牠走近雙眼圓睜的男人，把書確實遞給他，還為了提昇好感而面帶笑容。這份顧慮是很重要的。

「咦？猴子遞了什麼……呃，《將愚蠢的鄉下姑娘拐上床的一百種方法》……什麼！」

「……喂，你竟然派猴子去買這種書回來……！」

「不，不是！我怎麼可能拜託牠買這種書啊！」

「別看我這樣，我可是在王都土生土長的……！哦，原來你以為我是鄉下姑娘，很容易就能騙上床嗎……？」

「怎……怎麼可能有這種蠢事！這不是我拜託牠買的！真的！」

「那麼，這隻猴子為什麼會這麼確定地把書交給你……」

「我不知道！真的不是我！」

女孩笑著向看著眼前情況的海利問道：

「欸，猴子先生，這本書是這傢伙拜託你的嗎？」

海利不知道女孩想說什麼，但因為面帶笑容，應該是很開心吧。這時候要設法提昇男人的評價。海利於是笑著點點頭。

「看吧，果然！牠說是你拜託的！」

「我不知道！我沒有說謊！我不可能會用這種書對妳做些什麼啊！」

「那是怎樣？還是你真的打算去搭訕搞不清楚情況的鄉下女孩？真差勁！」

「我沒有想過那種事，我沒騙妳——！」

看來兩人因為自己遞出的書起了爭執。

這本書其實好得兩人不惜失和也想獨占嗎……還是應該交給蕾切爾比較好嗎？雖然海利有點後悔，不過一度送出的東西也不能要求歸還。於是海利決定扔下他們不管，繼續趕路。

不過，怎麼搞的？畢竟是本書，只要輪流看不就好了嗎？

海利並不知道有所謂的珍稀本狂熱者存在。

雖然剛才也不是這種情況就是了。

⚜

牠撿完垃圾後，爬上結著紅色果實的樹。雖然已經吃了不少，但果實會陸續成熟，所以似乎還能採收一陣子。

即使只仔細挑選成熟的果實，也採了滿滿一整籃，牠決定分成自己的便當與分送給他人的份。牠之前採收時，下方有個仰望著牠，似乎也很想吃的年邁人類雄性，所以牠也分了一些給他。畢竟年紀大了，運動神經會變遲鈍，而且看他的肥胖身材，似乎無法像海利一樣爬上樹。既然特地摘了這麼多，也得分一些給那弱小個體享用才行。

海利採收完，沿著附近建築物的突起處朝肥胖雄性的房間前進。雖然蕾切爾的宅邸很寬敞，不過這座宅邸也十分遼闊，移動起來相當辛苦。

途中，海利抵達經常有馬車等經過的道路。不僅行人眾多，也有馬匹奔馳而過，所以經過這裡要特別小心。

海利這麼想著一邊環顧周遭時，發現有條聯繫道路兩側的繩索橫越著，正好適合。

剛剛好就這樣沿著這條繩索前往另一側吧。

……牠原本是這麼想的。

不過在過了一半左右的位置時，海利發現自己判斷錯誤。

綁在對側的繩結正開始緩緩鬆脫。

看來繩結原本就綁得很隨便，而在海利攀爬繩索時又震動它，才會鬆掉。

要是從將近三層樓高的地方摔落，即使是海利也相當危險。可以扔掉背上的籃子做好防禦姿勢，但這麼一來，紅色果實就會全部報銷。

海利猶豫了一瞬間，接著開始朝預定前往的方向猛烈衝刺。既不能摔下去，如果想回去，掉頭也會很費工夫，既然如此，就只能正面突破了。

幸好，繩結雖然逐漸鬆掉，但沒有完全解開來。繩索鬆脫的速度因此減緩，海利才得以在完全鬆開之前平安抵達對岸。

「吱嘎～～……」

牠實在受夠了這種提心吊膽的感覺，今後得確實檢查好才行。

海利一邊反省一邊擦拭沒有流汗的額頭，將勉強抓住的繩索尾端重新綁回金屬零件上。

人類要將繩索重新拉到這麼高的地方，應該很難吧。憑海利的體重無法重新拉直繩索，但只要尾端還留著，要重新修復倒是很輕鬆。

海利機靈地完成一份工作後，滿足地朝著目的地出發。

⚜

「哈哈哈，好久沒有遠行啦！」

騎士團長阿比蓋爾卿由於睽違許久騎馬出行而情緒高昂，他驅策著馬跑在前頭。

「團長，現在還在王宮裡！加速很危險！」

阿比蓋爾卿對拚命追趕的護衛慌張的聲音無動於衷，哈哈大笑。

最近由於兒子引起問題而受到名為左遷的近乎流放之刑，令他心情鬱悶不樂。也許久沒有前往郊外的駐紮地視察，仔細想想，自己已經有很長一段時間沒有騎馬了。活動身體的爽快感，令騎士團長原本抑鬱的心情舒暢許多。

「王宮可是跟自家廚房沒兩樣喔！才不會因為讓馬匹疾馳就發生意外呢！」

雖已遠離前線，但奉「常在戰場」為圭臬的老練騎士自然能掌握好每天通勤道路的狀態。

從道路的路面到有許多突起物的岔路，該注意些什麼可說無須多言。

……也因此，當他發現今天早上不在那個位置的垂下的繩索時，已經太遲了。

「唔呼！」

騎士團長判斷出那是什麼之前就從視線範圍消失的繩索，在〇點二秒後鉤住了阿比蓋爾卿的頸部，並在下一瞬間硬是把他從馬上拉起來吊掛在半空中。

「團長！」

長官被垂吊在絕妙高度的繩索用力鉤住頸部，即使猛烈掙扎仍掛在半空中搖晃。遲了一些跟在後方的兩名護衛見狀，全都嚇破了膽。

這到底是怎麼回事？

護衛一時間搞不清楚發生了什麼事，他們從未見過這副景象……這是理所當然的。他們就這樣呆愣地看著眼前發生的事而忘記控制馬匹……於是在僅僅幾秒鐘後，兩人也步上了長官的後塵。

⚜

當親王面對堆在辦公桌上的文件簽名時，宰相前來拜訪。

「殿下這裡也收到相當多文件啊。」

「嗯，單是要全部看過就相當費力了。」

親王一邊哀怨一邊整理文件，接著一臉厭倦地拿起茶早已冷掉的茶杯。

「因為現在陛下不在，各種決策都會交由老夫審批。照理來說，瑣事只需交給艾略特處理就好……但由於那傢伙放任文件堆積如山，到頭來連細微瑣事都轉到老夫這裡來了。」

「王子殿下真令人傷腦筋，明明已經成年了，實務能力方面卻毫無表現可言。這樣下去根本不是立儲君的時候……」

「說得沒錯。因此連豐收祭贊助金的賞賜額度、商店營業許可等不該由代管王宮之人負責審閱的事項都轉了過來。這樣下去，不曉得艾略特到底要等到何時才能繼承家業啊……」

這類審批原本應該是由官員負責，卻送到了親王手中。由於國王不在以及艾略特引起的騷動，導致連文件都不知道該送往何處才對。

這時候，侍從衝了進來。

「啟稟殿下，方才在中門前方的正面道路上，騎士團長與兩名騎士被垂下的繩索鉤到而墜馬受傷了！」

親王與宰相面面相覷。

「那傢伙在搞什麼啊……明明是每天出勤會經過的道路，怎麼會發生這種意外？」

罪魁禍首已經逃跑了。

「前些日子被失控女孩撂倒的公子也好，現在的騎士團是不是太過鬆懈了？」

「騎士團長因為粗心大意撞上繩索……阿比蓋爾卿也真是的，到底在搞什麼……」

親王與宰相深深嘆了口氣後站起身。閣員等級的騎士團長在王宮裡出意外，這該算職災嗎？既然如此，親王等人就得前往現場查證情況，否則在國王歸來時就無法好好說明了。

「最近為什麼有這麼多事件發生啊？」

「自從艾略特殿下毀婚，總覺得就諸事不順啊……」

兩人在侍從的領路下走出了辦公室。

一陣微風吹進沒有人在的親王辦公室。

揹著籃子的海利推開窗戶跑了進來。

海利環顧空無一人的房間，小聲輕叫。

「吱吱～……」

看來那名年老雄性不在，這在牠的意料當中。畢竟他看起來很遲鈍，收集飼料想必會花不少時間。

海利一如往常地爬上辦公桌，把籃子裡的蘋果放了一半在桌上。由於海利身材嬌小，牠揹得動的籃子的一半大約只有五六顆，不過這樣也夠吃一餐了吧。

不，以他的肥胖程度來看，搞不好只夠當點心……

海利正要回去時，突然發現被牠墊在紅色果實下方的紙張。

牠認得這種寫到一半的紙，就是主人與主人的爸爸總會在上面簽名的紙張。只要在下方的空白處簽名就完成了。

而且，海利是會簽名的。

有段時間，蕾切爾在堆積如山的文件上簽名時，海利也會在旁邊有樣學樣地試寫，結果把蕾切爾的簽名學得很像。雖然主人告誡「不可以擅自亂寫喔」……不過對方是那個遲鈍年老雄性，一個人要寫這麼多或許很辛苦。

海利拿起放在一旁的筆，仔細看了年老雄性的簽名後試著照寫。

牠雖然只能將文字視為圖形來分辨，不過擺在一起看起來似乎非常相似。

好。

海利默默動著筆，在紙上簽了名後堆到文件山上。牠寫了四五張，感到十分滿意。

好，這麼一來那傢伙的工作也會減輕許多吧。

幫了忙之後，感覺肚子餓了，就到外面通風良好的地方吃飯吧。

海利再次揹起籃子，開窗跑到外頭。

於是，親王原本瞥了一眼就駁回的「王都大街裸體主義者遊行」跟「第一屆詭異料理大胃王全國大賽」等其他贊助申請書，就不知為何以親王的名義下達了許可。

⚜

從金髮笨蛋（艾略特）居住的建築物一樓傳來某種好聞的氣味。海利從窗戶窺探內部。

只見幾名穿白色服裝的人類正努力用工具做各種東西。海利也會在蕾切爾家裡東看西看，所以知道那是在做菜。

「就快到殿下的午休時間了，動作快！」

看似最偉大的中年男子下達指示，幾名年輕手下則同時進行各種步驟。

其中一人拿著菜色看似最美味的盤子詢問上司。

「主菜的香腸佐棕醬，在食譜上應該是使用豬肝腸吧……？」

「哦，殿下討厭豬肝腸，所以使用香腸沒有問題。」

「明白了。」

房外傳來女子的聲音，主廚為了回應走了出去。大部分廚師也依序將裝著料理的鍋子等端出去，剩下的一個人似乎也為了補充不夠的食材，從後門走出去，前往另一棟倉庫。

海利平時以水果或蔬菜為主食，但猴子原本就是雜食性動物。如果願意給牠吃，牠也會吃牛排或三明治。

不過最近吃到的全是蕾切爾給的水果，完全沒吃到肉類。

因此，海利入侵了空無一人的廚房。

牠看了看剛才的年輕廚師詢問上司的盤子。

這個長得跟香蕉很像的食物似乎非常美味。

海利的嘴滲出口水……用手抓起很燙還冒著熱氣的香腸並咬下。

如牠所料，是肉的味道。這食物比牛排更凝縮了肉的美味，不過一點也不硬，味道真不可思議。牠並不討厭。

海利忘我地啃著香腸，回過神來，盤子上的兩根香腸已經都被吃進肚子裡了。牠也試著品嚐放在一旁的白色柔軟食物（馬鈴薯泥），有摻入牛奶的馬鈴薯味道。這也好吃得讓牠拚命舔。

回過神來，盤子上只剩下醬汁與少許的蔬菜了。

海利撫摸吃得飽飽的肚子，同時驚覺。

……這下子是不是不太妙？

海利很清楚，偷吃別人的食物是不對的行為。即使這是那個金髮笨蛋的餐點也一樣。奪取他人飼料是壞猴王才會做的行徑。

海利難得驚慌起來，不知所措地環顧周遭。這樣下去，自己可能會挨蕾切爾的罵。

牠看向工作檯上，發現那裡放有裝著同樣醬汁的鍋子與白色塊狀食物的鍋子。只要把這些盛上盤子……就只差正中央那看似香蕉的食物了。

牠試著尋找卻找不到香蕉。如果動作不快一點，做菜的人類就會回來。

海利壓抑自己焦躁的情緒，一邊打開一扇小門……這時，牠發現有許多形狀類似的東西掛在裡面。

太好了！這樣就行了。

顏色看起來比剛才吃到的東西深，不過聞起來應該是類似的食物。重點是沒時間了。

海利隨手從掛在眼前，連在一起的假香蕉串中扯下兩根，連忙擺上盤子。嗯，大小也差不多。

海利將掛在儲藏庫裡的血腸（未烹調）與豬肝腸（當然也是未烹調）擺在盤子上，然後用放在鍋裡的湯杓舀了滿滿的醬汁淋上。看吧，已經跟原本的沒兩樣了。

而白色塊狀食物似乎比剛才吃到的還要柔軟。牠把放在一旁的白色粉末倒入攪拌後，硬度就變得差不多。這麼一來這道配菜也沒問題了。

海利連忙將混入大量低筋麵粉而變硬的白醬裝盤。

就在成功湮滅證據的猴子躲起來的同時，廚師回來了。

「奇怪？」

「怎麼了？」

「總覺得主菜已經涼掉了……」

「殿下是貓舌頭，不要緊吧。動作快點！」

「好。」

廚師再度離開廚房，海利從櫥櫃縫隙間探出頭來。

太好了……自己本來很擔心要是被主人發現該怎麼辦……

海利打開裝有用肉製成的香蕉的櫥櫃門，從裡面隨意抓了一些放進背上的籃子裡。既然知道這裡有這個，下次還想吃時再來「採收」吧。

⚜

海利取得了伴手禮後，決定回到蕾切爾身邊。

今天也做了許多冒險。

海利充滿成就感地回到燦爛陽光灑落的後院，緩緩走進地牢。

海利並不知道自己的行動對周遭造成怎樣的影響。

在玩累而呼呼大睡的海利身旁，蕾切爾一臉為難。

「這孩子到底是從哪裡取得血腸的……應該說，我沒有鍋子可以煮啊……」

「小姐，要我帶回去嗎？」

「不，如果沒讓海利看到我吃，牠會無法接受……下次幫我帶鍋子過來吧。」

海利在半夢半醒間聽著兩人交談……一邊想像明天的冒險，踏上前往夢中世界的旅程。

37【國王盡情享受溫泉療養】

在一個以旅館房間來說十分豪華，但以國王的起居室而言相當樸素的房間裡。

國王舉起單手回應低頭等待的使者，同時輕輕翻動衣襬，坐到臨時王座上。

赤腳穿著拖鞋，身穿家居長袍的國王叫使者放輕鬆點，一邊啜飲命人準備好的冰茶。

「哎呀，真抱歉，朕正在做溫泉療養，所以是這副打扮。你也放輕鬆一些吧。」

「是！」

侍從稍微放鬆姿勢後，取出大量王宮交送的報告書。

「這是各部署分別提出的內容……大致上，針對由艾略特王子代理政務一事感到不安的聲音占大多數，尤其是關於前些日子報告的單方面宣告毀棄與蕾切爾·佛格森公爵千金之間的婚約一事……」

「如果基本上是類似的內容，就歸納一下。」

「是！」

侍從重新摺起攤開的報告書。

「請盡快回宮，以上。」

「這樣啊。」

國王將冰茶一飲而盡，把茶杯放在一旁，瞥了排在矮桌上分量多到拿不動的報告書。

「嗯，朕雖然也一心想盡快回王都，不過腰部的狀況不理想啊……」

「是……還有，這是王宮代理人送給陛下的。」

「叔父大人送來的嗎？」

畢竟是王族大人物的親筆書信，不能由臣子代讀，國王接過信封後，打開封口取出信紙攤開。信件的內容簡而言之，就是以下的一句話。

『發生太多對心臟不好的事情，老夫的身體撐不住了，快點回來。』

國王將韋瓦第親王的信件收進信封裡，提筆在請旅館準備的信紙上寫字。

『我會積極努力。』

「那麼，把這封信交給叔父大人。朕雖然也在意王都的情況，無奈肩膀的不適遲遲無法痊癒啊。一旦可以出發了，朕會再聯繫的。」

「是！」

⚜

使者離去後，國王也離開謁見用的房間，走進指定為旅宿的別館。

「陛下，歡迎回來。」

坐在接待室裡的王妃與公爵夫妻出來迎接。所有人都穿著浴袍，國王脫下家居長袍後，底下也是相同的裝扮。

他一臉厭倦地整個人坐到沙發上，從代替服務生的女僕手中接過她送上的大酒杯。

「真是的，老是在催促朕回去。朕明明一再說過自己腳痛，正在做溫泉療養……身體狀況不佳的話，可耐不住乘坐馬車長途跋涉吧？」

昨天打了場馬球，爽快地流了一身汗的國王氣色良好地將裝在大酒杯裡的皮爾森麥酒咕嚕咕嚕灌進喉嚨。

「哎，陛下，既然如此就得控制酒量才行。」

王妃咧嘴笑著這麼說，國王打了個嗝，滿不在乎地回答：

「所以才要用酒精消毒啊。」

眼前的桌上擺滿在王宮裡絕對品嚐不到，味道濃郁的庶民風味料理。他瞥了一眼，從中挑選了醃漬帶骨烤雞，用手抓起送進嘴裡，再搭配金黃色碳酸水（含酒精）吞了下去。

「考慮到不能在大庭廣眾之下這樣享樂，國王還真不是人當的。」

「畢竟形象是很重要的生意。就是因為偶爾能像這樣盡情享受，才會愉快啊。」

國王舔著沾附雞油的指尖，一邊翻了翻放在邊桌上的過去的報告書。

「真是的……從政廳與宮廷送來的報告，內容與頻率都輸給人在牢裡的千金小姐，這到底是怎麼回事？」

他姑且瀏覽了侍從特地從王宮送來的報告書山，內容簡而言之只有兩點。

第一點是艾略特有多不可靠。他只是竭盡全力在找牢裡的蕾切爾的碴，處理政務方面反而擱置拖延。

第二點與放棄政務也有關，那就是艾略特經常引發騷動。雖然並非完全是艾略特的錯，但可以肯定的是，事件當事人說來說去都是他的親信成員。

所以到頭來結論都是「因為無法收拾善後，快點回來」……盡是些大同小異的內容。

「那些傢伙就不能說『我們會好好看家，請放輕鬆休息』嗎……」

國王回想起留在王都看家的那些人的臉，露出喝到苦茶般的表情。

「畢竟這次的騷動太過非比尋常啦。」

佛格森公爵也稍微露出苦笑。他雖然十分了解王子與自己的女兒，也料想不到他們竟然會引發這種騷動。

……對於女兒，其實也包含了不想去思考可能性的成分。

「能夠妥善應對處理才稱得上是政治家及官員吧？否則會被其他國家的人取代喔。」

國王這麼說道，五官深邃的理智臉龐浮現壞心的笑容……雖說身上穿著旅館準備的浴袍，實在有些不成體統就是了。

「而且，只有一個人能應對這種事態，不是嗎，父親大人啊？」

這次輪到被他點名的公爵愁眉苦臉。

「該說是能應對呢，還是正在玩耍呢？」

公爵抬頭瞥了送來下一杯的女僕一眼。

「我不會要求影子親手交給我，不過至少能不能把報告書放在我的桌上？一早起來發現那擺在自己的枕邊，對心臟實在不好。」

蕾切爾的貼身侍女莉莎鞠躬。

「主人，小姐捎來的書信，我昨天送上的是『第一封』。」

「正式而言啦。」

女兒似乎過於享受這種情況，令他在意。

而以每三天一次的頻率擺在枕邊的報告書，寫的雖然是公事，但滿是令人想吐槽的內容這點也令他在意。

王妃擱下玻璃杯，將她剛才閱讀的蕾切爾的報告書遞給國王。

「下任王妃果然除了蕾切爾小姐外不作他想。請看看這份報告，不僅內容充實，重點也統整得很好。相較之下，只能每週提出一份不完整報告的王宮官員就顯得窩囊了……」

至於內容為何充實，應該是因為報告裡也鉅細靡遺地寫出如何扯王子後腿的內幕吧——公爵心想。畢竟坐在觀眾席上欣賞短劇的朝臣是寫不出來的。

「不過，看了這個，我也認為實在不能讓蕾切爾與殿下成婚。既然做了這麼多事，我不認為兩人的婚姻生活能夠維持超過一年。」

公爵大人以帶有相當程度醉意的表情說道。手上的報告書中也寫到賽克斯被送往邊境的事件。

王妃帶著冷酷執政者的表情在夫人的玻璃杯裡倒入冰涼紅酒。

「我會廢掉艾略特，把次子雷蒙德立為王太子。雖然必須說服艾略特派的人……但他既然鬧得這麼大，想必那夥人也已經放棄了。」

國王順著王妃的話接著說：

「應該說，蕾切爾小姐是連這點都考慮到了，才會引發這些事件吧。」

國王又喝完一大杯酒，再向莉莎揮了揮手要求再來一杯。

「她為了反擊艾略特，刻意引發令他處理不來的騷動，在他周圍造成傷害。王宮裡的人們這時候想必已經親眼目睹了艾略特有多愚蠢。嗯，為了避免被報復，先把對手拉下去是最好的做法。」

國王與王妃交換了眼色。

「我希望讓蕾切爾小姐成為王妃的想法果然是正確的。能游刃有餘地將權力在自己之上的對手玩弄在股掌之間的這份狡黠；還有無論何種情況都能冷靜預測並暗中做好事前準備的力量，也令人難以捨棄呢。」

「是啊。她把艾略特推進池子裡還拚命扔石頭時，朕雖然吃驚……不過詢問情況，她泰然自若地冷靜說明的模樣令朕深感欽佩。她面對的可是對方的父親喔。有能力、臉皮夠厚，而且還通曉萬事。比起擔任臣子，她更適合推動國家的身分。」

「而且當事人明明待在牢裡受到監視，卻還能指揮這些作戰計畫……真了不起。」

「儘管失勢，屬下也沒有潰散，而是繼續跟隨她，這點也值得很高的評價。」

蕾切爾愈是對艾略特動手，國王夫妻對她的信任程度反而愈高。終於已經不是提要換未婚妻，而是甚至開始討論換王子的可能性了。

做得過頭反而愈逃不掉的這副景象，令莉莎感到相當諷刺。

在接過莉莎送上的下一杯酒後，國王與王妃開心地舉起大酒杯乾杯。

「坐牢讚啦～！」

公爵將散落一地的過期報告書胡亂整理起來，交給在一旁待命的莉莎。

「不過仔細想想，差不多該收拾善後了。一直讓政權中樞空洞化也不是好事……」

「嗯，說得也是……哎呀呀，長達兩個月的愉快溫泉療養行程也快要告一段落啦……」

國王誇張地嘆了口氣，靠到椅背上。王妃與公爵夫妻也面面相覷。

「吃飯、泡溫泉、睡午覺，週而復始的日子……」

「品嚐在王宮裡享用不到的市井美食，不須介意禮儀的輕鬆宴會……」

「不需要像在社交界一樣裝飾門面……」

「沒有會扯後腿的部下，或是浪費人時間的討厭政敵……」

四人同時癱在沙發上。

「啊～～真不想回去……」

⚜

身穿黑色外套的女僕身影從地牢的黑暗中浮現。

「小姐。」

「嗯？今天應該不是報告日吧，怎麼了嗎？」

原本正在與海利玩耍的蕾切爾看了過去，女僕低頭報告：

「派往夫拉卡溫泉鄉的莉莎緊急捎來訊息，陛下與主人終於要回來了。」

「哦～」

起身的蕾切爾摸了摸下巴。

「那是表面上的報告吧，背後的呢？」

「詳細內容要等本週莉莎回來才能確認……不過，兩位陛下似乎已經決定要廢掉艾略特殿下，改立雷蒙德殿下為王太子了。」

「哎呀！」

蕾切爾歪了歪頭。

「殿下做了什麼嗎？」

她似乎沒有要求自己回應——女僕決定對主人刻意裝傻的疑問置之不理。

蕾切爾沉默地思考了半晌後，輕聲開口：

「對了，雷蒙德殿下……是怎樣的人呢？」

「……明明掌握了一切，卻只有關鍵部分因為不感興趣而遺漏了呢。」

「我記得他比艾略特殿下小三歲。」

「……我明天把他的個人資料帶過來。」

「哦，換言之，他有難以啟齒的性癖好嗎？」

「就算您這樣解讀……」

蕾切爾仰躺到床上。

「啊～～……休假只有三個月就要結束了嗎？」

「小姐……一般人若是休息三個月就要擔心職場是否還留有自己的一席之地了。」

「對耶。」

蕾切爾一邊打滾一邊微微一笑。

「小姐，考慮到今後的利用價值，我認為您並不會被拔除公爵千金的頭銜。」

女僕預測今後情況而冷靜叮囑的話語，令蕾切爾垂頭喪氣。

「……拜託留給我一點幻想作樂的餘地好嗎？」

「畢竟您如果要求我設法實現這個幻想，我也會很傷腦筋的。」

38 【支持者令侍女傷透腦筋】

蘇菲亞等隨侍蕾切爾的人是由蕾切爾培育的優秀團體。能精準掌握主人的脾氣與喜好，無論何時都能毫無拖延，漂亮地完成任務。

從公爵家其他部門同事的角度看來，會覺得她們總能「輕鬆不費勁地做好任何事」。

她們並不否認，不過，即使是這樣的她們，仍會有感到棘手的時候。蘇菲亞等人畢竟只是普通人，並非蕾切爾。

其實當蕾切爾在地牢裡忙碌地盡情耍廢的期間……遑論艾略特王子，就連蕾切爾都不知情，蘇菲亞等人數度跨越了絕對不會浮上檯面的困難局勢。

⚜

蘇菲亞等人快完成要提交給蕾切爾的週報，正以下次休假為話題閒聊時……部下女僕衝了進來。

「蘇菲亞小姐！黑貓商會的會長請您盡速過去……副會長直接過來接您了。」

「坎貝爾先生嗎？發生了什麼事？」

既然是祕密組織，各單位之間明目張膽的接觸自然是被禁止的。黑貓商會與公爵家之間的往來也都偽裝成生意上的拜訪，因此商人不可能氣喘吁吁地來到公爵家。

「這個嘛，聽說是有突然上門的客人，無論如何都得由蘇菲亞小姐您接待……」

蘇菲亞聽見來客的名字後，罕見地板起臉來。其他女僕也露出「嗚哇……！」的表情。

蘇菲亞無奈地站起身。

「梅雅、米摩莎，跟我來……還有，也叫希爾維亞與梅莉娜一起過來。」

「遵命！」

蘇菲亞從部下中挑選了擅長應付麻煩事的人之後，就搭上迎接的馬車。前來迎接她的副會長西蒙斯臉色發青。

「派個人前往沃塔斯先生那邊，請他出些人吧……？」

西蒙斯提議請負責城郭區幹部的黑社會領袖派出手下流氓，但蘇菲亞靜靜地搖搖頭。

「沒用的。對方如果失控，那些人連路障都當不成。」

「有這麼驚人……？」

蘇菲亞放著啞口無言的副會長不管，兀自重複輕輕深呼吸，設法讓自己冷靜下來。

這名訪客就是如此不受歡迎。

換言之，就是與蕾切爾意氣相投的朋友。

⚜

在黑貓商會氣氛沉穩的會客室裡，蘇菲亞與「貴客」對峙。

考慮到對方的地位與蕾切爾對等，身為「代理人」的自己即使受到邀請也不能坐到沙發上。因此蘇菲亞隔著矮桌畢恭畢敬地站著面對對方，一同前來的四人則在她身後列隊。

穩穩坐在沙發最上座位置翹著腿的「貴客」輕輕舉起手。

「哎呀，黑貓（Schwarzes Katzen）小姐，好久不見。」

心情愉快地打招呼的，是一名年約二十五歲，氣勢驚人的美女。

類型與蕾切爾的摯友亞歷山德拉相似，波浪狀的濃密金髮流洩到腰間，露出充滿挑釁意味的銳利眼神與柔和的笑容。

如果只是如此，與侯爵千金倒是沒有太大差別……不過是經驗與立場上的差異所致嗎？她散發的領袖氣質與魄力極為懸殊，這使她看起來身型更為龐大。

蘇菲亞以最大程度的敬意低頭鞠躬，身後的四人也照做。

「女大公閣下也氣色甚佳……」

她叫作艾莉莎．洛桑達爾女大公，爵位看似與韋瓦第親王（海利中意的人物）相當（註：「親王」的日文亦為「大公」），不過這位其實是與本國隔了三個小國的洛桑達爾大公國的君王，立場大概等同於國王。

她和蕾切爾在「互助會」席間認識，平時就保持聯繫的良好關係。

女大公向認識的侍女（蘇菲亞）輕鬆地拋出話題。由於性格直爽，連句季節性的問候也沒有就單刀直入地開了口：

「拘謹的問候就省略吧。哎，我前來的原因沒有別的，是因為得知蕾切爾被這裡的笨蛋王子陷於不義，感到坐立難安，於是就直接衝過來了。」

女大公（大人物）笑得豪爽，蘇菲亞微微瞇細雙眼看著她詢問：

「若是因為這樣特地前來……非常感謝您，不過，請問您是光明正大地穿著『制服』前來的嗎？」

女大公聽不懂侍女為何如此詢問，歪了歪頭。

「嗯？那當然。畢竟可愛的蕾切爾可是『遭到不合理的毀婚對待』。而且，這身服裝在這個國家也是正式服裝吧？」

「是的，是正式服裝沒錯……不過一般人應該不會這身打扮走在路上。」

被蘇菲亞視為問題點的女大公的裝束……她所穿的是全身黑的禮服……換言之，就是「喪服」。

不只是女大公。

與排在蘇菲亞身後的女僕一樣，女大公身後也站著四名身穿喪服，甚至戴了頭紗的女子。從稍微窺見的嘴角可以推測是年輕美女，她們也像是要與己方對峙般排排站在後方。

而且，雖然身穿喪服……她們全將手交疊在身後，雙腿與肩同寬，昂首挺胸的姿態與軍人無異。不僅如此，在喪服外還繫了劍帶，掛著佩劍。單是在日常生活中穿著喪服就已經夠奇怪了，這些女人穿起喪服甚至像穿著軍服般合身……

考慮到可能會與這些人交鋒，蘇菲亞與部下們也配備了武裝。只要將手伸進開衩到接近腰骨處的裙襬，就能抽出隱藏在裙底的長匕首。

彼此都全副武裝的女僕與喪服女子在公司的會客室裡互瞪。這是什麼情況？

「走在路上會很奇怪嗎？哈哈哈，是我稍微急躁了些啊。哎，別在意。」

雖說在意與否並不是取決於被看的當事人。

原本大剌剌地坐著的女大公端正坐姿，倏地向前探出身子。

「那麼，何時要襲擊王宮，救出蕾切爾？」

她迫不及待。

以透露出自己要率先打頭陣的氣勢噴著鼻息興奮不已。

與其說「擔心」蕾切爾……女大公更像是出於「信任」，為避免在圍剿艾略特的祭典中遲到而急忙趕來。

美女無論是怎樣的表情都值得一看啊……蘇菲亞思考這種無關緊要的事，同時歉疚地低下頭。

「勞駕您不遠千里而來，但小姐已經下達了『暫時維持現狀』的指示。」

「這樣啊，所謂的暫時是三天左右嗎？」

「為什麼這麼著急？」

女大公抖起腳來……明明是女大公。

「那麼，她預定延後多久？」

「不，女大公閣下，小姐打一開始就沒有要將王子處決的打……」

在蘇菲亞的說明結束之前，女大公手上的杯子就摔了下去。

「怎麼會……虧我還特地為了趕上蕾切爾的『慶功宴』，拚命將工作『推給』重臣好擠出時間來啊！」

毀婚事件造成的影響範圍是世界級的。

「非常抱歉。」

蘇菲亞自認完全沒錯，還是姑且低頭致歉。雖然並不是因為己方要求而前來，姑且還是得恪盡禮數。

「小姐已經事先掌握所有情資，現在正在地牢裡愉快地度假。」

蘇菲亞說明了現況，包括蕾切爾其實是為了在不受打擾的牢房裡舒適地過著散漫墮落的生活，而有些故意地放過對方。

女大公艾莉莎輕撫下巴。

「嗯，不愧是蕾切爾……不過，這麼一來我等『喪服千金團』就沒有機會登場了。難得是讓贊助會員蕾切爾升格為正式會員的好機會。」

「這是……機會嗎？」

「喪服千金團」——這個祕密結社的成立目的，是為了幫助背信忘義的毀婚或夜襲受害者。她們會協助因愈發凶惡、巧妙的毀婚行為而失去一切的千金小姐或少爺，從安排隱居住處到助其一臂之力向暴虐無道的前未婚夫（妻）復仇等，業務範圍很廣。

由於是祕密結社，組織全貌並未公開，不過根據「闇夜黑貓」的調查，似乎是由幾十名公主跟女王、幾百名貴族千金以經驗人士的身分參與營運……老實說，單是看到曾經發生過這麼多起類似事件，就會令人懷疑這社會究竟是怎麼了——蘇菲亞心想。

而讓蕾切爾與女大公結識的互助會正是這個組織。蕾切爾似乎是贊成其成立宗旨，因此從幾年前起就持續贊助資金，並在例會上認識了女大公。雖說她總不至於那麼早就預料到艾略特會毀棄與自己之間的婚約……

正因為蕾切爾如此熱心公益……才會導致蘇菲亞現在想拒絕對方強行希望給予協助時極為辛苦。

「蕾切爾難道不想砍了那個笨蛋王子的頭嗎？一口氣地，心情會很爽快喔。」

這位女大公閣下在與現在的蕾切爾同年紀時，曾面臨攸關國家命運的一大決戰，當時野心勃勃地通敵的未婚夫還企圖背地裡刺殺她。

忠臣從開始潰敗的戰線中將受傷的她扛了出去，保住一命的她將企圖竊國的叛徒全部殺光，復興了大公國……雖然想對充滿魄力的冒險故事表示敬意，但希望她別認為這種殘酷的體驗可以套用到所有人身上。

「小姐似乎在往稍微柔和一些的方向思考。」

「所謂的『稍微』……是指不費時間，乾脆地斬首嗎？」

「就說了，她並不打算處決……女大公閣下當時費了一些時間嗎？」

拜託非相關人等不要當最有幹勁的人啊——蘇菲亞這麼想。

以這名肉食系淑女的氣勢，別說是圍繞在艾略特身邊的馬屁精（笨蛋）們，或許連整個騎士團（軍隊）都能擊潰。

「砍下去本身只有一瞬間，不過在那之前的求饒階段，我狠狠地讓他心急了一番。現在回想起來，處決時也太過乾脆了……要為了下一次好好檢討這一點。」

「我認為不要再有下一次比較好。」

總覺得她的思考模式與小姐有些相似，怪不得會志趣相投。

女大公像個孩子般嘟嘴抱怨。

「只要把一兩個或一二十個笨蛋的頭砍了不就好了？麻煩得要命，快點殺一殺啦。雖然不打算記住名字，不過那個前未婚夫也是個死了比較好的人渣吧？就一口氣宰了他吧！」

「這是要由小姐來決定的事。而且，請您別用那種小酌時閒談般的口吻這麼說。」

蘇菲亞試圖委婉地拒絕，而艾莉莎則探出身子說道：

「如果是怕人手不足，這點不用擔心，就用我手上的士兵將人渣王子的勢力一網打盡吧！還是要乾脆將整座王宮裡的人全部都宰了？」

「王宮裡也有許多我方的部下，請別自相殘……請等一下。您說『整座王宮』……難不成不只有這裡的人嗎……？」

在知道「她們」的人們當中，「西方管區」尤以特別驚人的戰鬥力而聞名。

由於聽說管區長親自帶著四名心腹前來，蘇菲亞也召集了武藝精湛的部下……不過，即使管區長（艾莉莎）具有實戰經驗，應該也不會誇下海口說要以四或五個人攻破王宮。

「這不是理所當然的事嗎？」

艾莉莎就像在說「妳在說什麼理所當然的話」似的眨了眨眼。

「畢竟不知道人渣王子身邊有多少具備實力的人物，所以我就把我負責管理的『夜間戰鬥部隊(NachtKampfgruppen)』四支分隊全帶來了。」

「四十個人？」

現在已經超越「不妙」的等級了，她是認真打算擊潰整個騎士團！

已持續多年和平的我國騎士團，有辦法跟徹底武鬥派的女大公所率領的四支精銳分隊(危險的四十人)對抗嗎……不可能。如果沒有上百個瘋狂狀態的瑪蒂娜，只會兵敗如山倒。畢竟這些傢伙的內在與她相似，要與經驗豐富的敵手對抗，就得有這樣的人數差距才行……

而連隻猴子都贏不了的王子所率領的王宮成員，根本不可能與那夥人戰鬥。

蘇菲亞因令人意識逐漸飄遠的想法而按住自己的額頭，這時一臉納悶的梅雅以手勢向蘇菲亞打了個招呼後插嘴。

「呃，女大公閣下……各位都是千金小姐吧……請問多達四十人的成員住在哪裡呢？」

雖說若有萬一，「喪服千金團」甚至能露宿野外，不過從成立經過看來，這群人原本都是貴族千金。如果是偽裝成無害的普通人移動，應該是住在適當的旅館裡吧。

不過，如果有多達四十名上流階級的千金小姐分別投宿，完全沒聽見街頭傳聞這點實在是太不尋常了。她並沒有接收到這樣的情報。

針對身為情報機構幹部的梅雅這個理所當然的疑問，女大公露出爽朗的笑容回答：

「怎麼，妳們沒掌握到嗎？我們現在以來自巴克拉王國的文化使節身分住在王宮裡。」

有。

確實是有。

她的確接到了報告。有人數眾多的使節以文化交流為目的，在幾天前抵達。

……因為她完全沒料到乍看之下完全無關的國家的外交使節團竟會是這些傢伙……

仔細一看，提問的梅雅（負責政界事務）也用手掌覆住了臉。嗯，這的確是必須與負責王宮事務的海蒂一同減薪的失態……當然，負責總管的蘇菲亞也一樣。

「你們不知道嗎？副管區長是巴克拉的第三公主喔。」

「我不知道……」

「使節團的隨行人員不分男女，全都是我的手下，能戰鬥的人超過上百人。而且因為住在王宮裡，也能省下攻破城牆的工夫，只要發動奇襲就能保證獲勝喔。」

換言之，艾略特王子在不知情的情況下，把最危險的敵人放進了城裡……

「真虧您能穿著喪服走出王宮……」

「再怎麼說，總不能在宮裡武裝，所以武器是到這裡來之後才配備的。我外出時是對接待人員表示『要去參加「朋友的未婚夫」的葬禮』，哈哈哈，他一定沒有料到那指的是自己國家的王子。」

女大公露出「事情發展正如我預期」的笑容，但蘇菲亞等人卻笑不出來。對於依照蕾切爾的意圖，打算安靜解決此事的蘇菲亞等人來說，這種事根本完全一點也不好笑。

蘇菲亞清了清喉嚨，設法制止女大公。

「閣下，遺憾的是，現狀是小姐正一邊享受監獄生活一邊玩弄王子，等到將對方逼得神經衰弱後再交給國王處分。需要費些時間才能解決……而且『根據小姐的意思』，她並不打算靠蠻力解決，因此即使您留在這裡等候，應該也沒有活躍的機會。」

聽了蘇菲亞的話，艾莉莎眉頭緊蹙地陷入沉思。

「嗯……竟然將待在牢房裡稱為度假，該怎麼說才好呢？」

真不想被這傢伙提點常識啊——蘇菲亞雖然這麼想，仍保持沉默。

「不過，即使蕾切爾是這麼打算的，對方又是怎麼想的呢？笨男人可是會反過來懷恨在心的喔。妳能保證那個笨蛋王子不會爆炸嗎？」

不愧是執政者兼有經驗者，只要認真思考，還能針對己方立場一針見血地點出弱點。

「我的情況是讓對方逃掉一次後，花了兩年時間窮追不捨才終於抓住他。可別小看人渣的毅力……所以還是立刻解決那個笨蛋王子吧。嗯，這樣最好，現在立刻去宰了他吧。」

……然而，為什麼會立刻就變得這麼反常呢？是因為女大公也處於度假模式嗎？

「……不，對我們來說，小姐的意志是第一優先……我們同時也對王宮內的騎士和各部署進行嚴密監視，並為了保護小姐的安全，在內部安排了能隨時行動的兵力，請別擔心。」

畢竟再怎麼說，也不能告訴外人「對手是艾略特與笨蛋集團（愉快的夥伴們），所以不需要擔心蕾切爾的安危」這種話。

「嗯……我原本是期待能唰地砍掉笨蛋王子的頭而來的呢……」

果然本末倒置了。

這時，女大公似乎靈光一閃，輕拍大腿。

「對了，蘇菲亞，這樣如何？為了節省蕾切爾的工夫，我們現在立刻偷偷地砍了笨蛋王子的頭呢？這就是所謂的揣摩上意啊！」

「他每天都會在小姐所在的牢房出沒，這麼做會被發現的。」

「唔唔唔……！對了！因為王子是笨蛋，只要砍得漂亮，當事人搞不好會過了兩三個月才意識到自己的頭被砍了？」

女大公說出了比王子還要愚蠢的道理來。

「這又不是在殺魚……話雖如此，如果砍得不漂亮，您打算怎麼辦？」

「那就當作是不幸的意外，任誰都有可能失敗。」

「連您自己都不相信這種歪理嘛！」

受夠了……真想回家……

面對令人疲憊的對象，感到心累的蘇菲亞也終於忍不住脾氣而嚴厲地開口：

「說起來，您為什麼這麼想親手處決王子？艾略特王子的處分應該由小姐來決定，所以斬首也是小姐的權利！」

不，處分應該是交由國王決定的。

女大公嘛起形狀姣好的嘴唇。

「因為人家想砍嘛。」

「即使裝可愛也不行喔……」

蘇菲亞感覺暈眩，她按住自己的太陽穴。這傢伙果然是與小姐意氣相投的朋友沒錯。

「總之，小姐針對毀婚的復仇計畫正在順利進行！還請您別出手干涉，乖乖回去。」

「……我知道了。」

「您明白了嗎？」

「相對地，剛才那個看似悠哉的老頭子正在餵鳥，我可以砍了他的頭嗎？」

「請回去！」

⚜

幾天後。

蘇菲亞搖搖晃晃地走進蕾切爾的辦公室，倒在會客區的沙發上。私自在主人房間裡做出這種舉動，照理來說是會受到懲罰的行徑，但希望至少今天能放過她一馬。

「累死我了……」

「……辛苦了。」

莉莎感慨地點頭，替她沖了茶。從茶壺流入茶杯的悄然水聲，在安靜的房間裡迴盪。

在讓極度不滿的女大公勉強答應撤退後，直到偽裝的文化使節踏上歸途為止，「闇夜黑貓」仍竭盡全力監視其動向。在對方派傭人上街辦事時，騎士或街上的小混混等己方手下就會不時露臉，提醒對方「一切都在我們的監控之中」。而夜裡負責監視艾略特等人的工作人員也增加為原本的三倍。

對方或許也還是難以放棄……當天色一暗，黑衣女子就會湧至隱蔽處或屋頂上，與己方的監視人員對峙。雖然因為彼此認識而沒有拔出武器……但那種一觸即發的緊張感，令梅雅等現場指揮官都胃痛得連簡餐都食不下嚥。

順帶一提，因為甜點有另一個胃，所以還是能設法攝取熱量。

然後……尾隨跟蹤的密探直到前一刻才剛傳回一行人已經越過國界的報告。因此蘇菲亞會使出全力地癱軟也是無可奈何。

「當彼此大約各二十人一字排開在王子寢室的屋頂上時，我原本覺得什麼時候拔劍都不奇怪……」

「……雖然在對峙當中，但一想到腳底下的當事者什麼也不知道地睡得香甜，就覺得阻止對方的舉動實在很蠢……總覺得真悲哀，我們為什麼得竭盡全力保護那個呆瓜王子……」

「真是矛盾呢……」

「明明耗費心力照顧他，當事人卻什麼也不知道地酣睡……雖然不是那位女大公，但連我都想把那個笨蛋千刀萬剮了……」

「是啊……」

將蘇菲亞的茶杯放到桌上後，莉莎也替自己倒了一杯，喝了一口後「呼……」地深深吐了口氣。

「話說回來，總覺得女大公閣下的目的與手段已經倒過來了……」

「……她本身當時的怒氣仍未完全消退吧。雖說我也不曉得助人一臂之力，能否幫助她消愁解悶就是了。」

雖然也理解她的感受，但畢竟不是自己遇到的狀況，還是希望她別替當事人添麻煩。

蘇菲亞在以扶手作枕頭癱了一陣子後，心想差不多該起來時……

她聽見一道在走廊上奔跑的失禮腳步聲傳來，緊接著，房門被以驚人的氣勢打開。

罕見地發出腳步聲跑來的米摩莎出現在雙眼圓睜的蘇菲亞與莉莎面前。

「蘇菲亞小姐，大事不好了！」

「……這次又是什麼事？」

「與小姐交情甚篤的世界女性主義團體『月光淑女（Lunatic Lady）』的非法活動部隊——『薔薇聖女（Saint Rose）』

潛入王都了……指揮官似乎是羅德西亞王國的索菲公主。」

莉莎手中疊起的茶壺保溫套掉了下去。

「索菲公主……就是長期因丈夫外遇而苦惱，最後終於暴怒將丈夫施以磔刑，並自此開始推動女性主義運動的，那位……？」

「沒錯。她似乎是在聽說了小姐的『悲劇』後，親自召集了能幹的部下潛了進來。」

已經疲憊不堪，連起身的力氣都沒有的蘇菲亞維持趴著的姿勢大喊：

「每個傢伙都這樣……給我適可而止一點——！」

⚜

在蕾切爾看書時，蘇菲亞罕見地親自前來定期報告。

「小姐，我有個請求……」

「什麼事？」

蘇菲亞向她遞出一疊看似票券的物品。

「其實，我正在考慮增加給屬下的慰勞種類……」

「那是件好事……不過這是什麼？『捶背、按摩券』？」

「是的，只要使用一張這種券，就能替小姐盡情按摩三十分鐘。」

蕾切爾把書放到邊桌上，陷入沉思。

「是『替』我，而不是『由』我嗎？」

「沒錯。請別擔心，這是公爵宅邸的女性成員專用的。」

「不，我明白……但是，這明明是慰勞性質的獎勵，為什麼是替我按摩？」

「那當然是……」

蘇菲亞舉起雙手，十隻手指像要攫住東西那樣蠕動著。

「為了發洩壓力，而要傾全力替您按摩啊。」

蕾切爾陷入沉默。而比平時更面無表情的蘇菲亞向她逼近。

「多虧小姐那『過於廣闊』的交友關係，大家最近都累積了許多壓力……等小姐解決這起騷動，平安回到宅邸後，希望您務必配合協助。」

「……要不要換成其他的東西？」

「我已經開始根據工作的努力程度發放了，大家都『非常期待』。」

「……別說是請求，這甚至超過許可的階段了吧？」

「真令人期待……順帶一提，我已經累積三十張了。」

理應是鐵面具的蘇菲亞微笑起來。

蕾切爾也跟著微笑。

不過兩人的雙眼都沒有笑意。

「啊～～……我現在想永遠住在這裡了。」

蕾切爾隱諱地這麼說著，蘇菲亞就展露燦爛的笑容。

「不不不，怎麼能讓重要的小姐永遠待在地牢裡呢！為了讓小姐『盡早』離開這裡，我們會粉身碎骨地努力……真～～的是令人期待呢。」

「哎呀，蘇菲亞真是的……哦呵呵呵。」

「不不不，這是理所當然的……呵呵呵呵。」

這對相似的主從就這樣隔著鐵柵欄相視而笑了好一會兒。

39【千金小姐主辦聯歡茶會】

艾略特王子放下茶杯，手拄著臉頰仰望天花板。

「我在想啊……如果想駁倒蕾切爾，找跟那傢伙對立的千金小姐們協助怎麼樣？我聽說女性應該更擅長貶低人或令人受挫。」

一同喝茶的馬屁精們一瞬間鴉雀無聲……隔了一秒後嘈雜起來。

「殿下竟然說出這麼正確的話……！」

「沒想到您竟能如此深入思考！」

「你們那是什麼評價？」

艾略特一邊對態度高高在上的手下們發飆……同時想到如果有喬治在，自己就不用負責吐槽時，頓時感到泫然欲泣。

波蘭斯基看著艾略特對冒失的同夥們怒吼，一邊心想。

咦？他現在才想到嗎？

言歸正傳。

他們將曾強烈自薦「請讓我代替蕾切爾！」的千金小姐們，以及與佛格森公爵家對立的千金小姐們列成清單，共有將近三十人。

「好！一次被這麼多千金小姐嚴厲斥責的話，就算是蕾切爾也束手無策吧。呵呵呵……好，立刻去召集這些人！」

「是！」

男性們認為想出了一招有效的招式而幹勁十足，但瑪格麗特怯生生地向他們開口：

「那個……再怎麼說也不需要做到那種程度吧……」

「哈哈哈，瑪格麗特真是善良！不過蕾切爾可是想做什麼就做什麼喔。趁這時候好好地給她個下馬威，也是為了日後著想！」

「是這樣嗎……」

看艾略特幹勁十足，瑪格麗特也無法繼續說下去了。

「其實其中有一半的人已經被我利用，而且澈底被擊潰了，嘿嘿」這種話，她實在說不出口。

⚜

王子派去辦事的馬屁精們回來了。

「殿下，我們去找了那些千金小姐……但不知道為什麼，那些原本想從蕾切爾小姐手中奪走殿下的小姐們，最近全都把自己關在家裡，完全沒有進宮。」

「為什麼？她們原本不是那麼前仆後繼，一找到機會就跑來毛遂自薦嗎？」

原因就在他的身旁。

「還有，與公爵家對立派系的那些小姐……聽說今天全都來王宮參加茶會了。」

「咦？」

艾略特感到納悶。

雖說王宮很大，但如果有舉辦這種活動，他至少會聽到消息。連身為王子的自己都沒有聽說，那到底是在王宮的哪裡舉辦那種活動……

思考到這裡，艾略特想起如果最近會發生不合理的事，那大概都是集中在一個地點。

⚜

他跑到地牢時，發現獄卒把桌子搬到門外，兀自坐在那裡。從他在平時的微髒制服上打了領帶看來，可說是顯而易見地又發生了什麼事。

「啊，殿下。」

「今天又是什麼？」

露出逃避現實表情的獄卒遞出一張傳單。

「今天的會面採完全預約制。請出示預售票。」

「會面的預售票是什麼東西？」

「今天是愉快的慰勞茶會……呃～記得是『為了蒙受不白之冤而入獄的蕾切爾・佛格森，今天邀請王都一流的藝人前來表演長年鍛鍊的技藝』吧。畢竟我不識字啊。」

「你為什麼要乖乖接受蕾切爾的頤指氣使擔任接待啊？」

「哦……因為我最近覺得，就算違抗那位小姐也是白費工夫啊～～……」

「哪有獄卒反被囚犯調教的道理？」

艾略特推開獄卒，想打開門。

「啊！殿下，您沒有票不能進場啊！」

「可惡，滾開！你給我回想起來自己到底是什麼職務！」

艾略特率先走下去後……只見在階梯底下一帶拉起布幕被當成休息室，前方則設置了一個小舞臺，有個魔術師正在表演魔術。

「只要敲一敲這個箱子……請看！原本應該裝在那個抽屜裡的海利就現身啦！」

蕾切爾的寵物不知為何擔任起了表演助手。

魔術師在喝采聲中裝模作樣地脫下大禮帽致意後，接著又繼續說明起下一個表演內容。他的動作極為熟練，看起來實在不像公爵家的家臣假扮的。

波蘭斯基敲了手掌。

「啊，那是現在在中央馬戲團非常受歡迎的詹姆斯．馬提斯！真厲害，我還是頭一次看見他特地前往別人家表演。」

「這裡可不是住家喔！」

他看向欣賞表演的觀眾席，只見在狹窄房間裡排滿桌椅，並坐滿貴族千金。雖然採取茶會形式，每桌都讓幾個人圍坐在圓桌前，不過每個人幾乎都面向前方，可以清楚看出究竟何者才是重點。而除了艾略特等人原本尋找的主要派系的重點人物之外，還有許多與會者，在場人數粗估超過四十人。

那些千金小姐專心地盯著舞臺看，甚至連艾略特等人來到都沒有發現的模樣，令王子也不禁畏縮。

「喂……喂喂……這些傢伙會不會莫名地熱衷過頭了？」

「殿下……列席的千金小姐們由於身分過於高貴，平時根本無法隨意上街。雖然會到大劇場欣賞歌劇，不過她們的父母親不會讓她們觀賞這類街頭藝人或庶民取向的表演。」

「所以才會這麼熱衷嗎……」

不過，他在意的不只是這種事。

「喂，蕾切爾，不准妳在這種地方舉辦表演活動！」

艾略特無視於強烈的噓聲，穿過舞臺前方走到鐵柵欄前。正從裡面欣賞表演的蕾切爾則露出「被說了出乎意料的話！」的吃驚表情。

「哎呀，殿下，我並沒有舉辦表演活動喔。」

「那這是什麼！」

「這個嘛……」

蕾切爾發出毫無不滿的開朗笑聲。

「只是在友人前來面見時，碰巧有人前來慰勞……」

「少說那種輕易就會被戳破的謊！妳不是做了傳單，甚至還賣預售票嗎！」

「哎呀，順序顛倒了嗎？哎，微不足道的小細節就算了吧。」

「這種規模哪裡叫微不足道了？」

就在艾略特與蕾切爾爭執不下時，波蘭斯基被魔術師提醒了。

「喂喂，客人，表演期間請保持安靜。」

「啊，不好意思。」

「保持安靜個頭！結束了，快點收拾包袱走人！你道什麼歉啊！」

當艾略特驅趕魔術師時，臺下的千金小姐們全激動地發出譴責的吶喊。

「蠻橫無理！」

「我已經期待了一整週都沒有睡好耶！」

「少囉嗦！怎麼能讓蕾切爾的策略得逞！」

艾略特以怒吼回應千金小姐們劇烈的抗議，甚至已經忘了自己原本打算攏絡她們成為對抗蕾切爾的夥伴一事了。

在他們這麼做的時候，魔術師身後的布幕動了動，另一名大叔探出頭來。

「咦？已經輪到我出場了嗎？」

「咦！是喜劇演員約翰．史密斯？是擅長模仿與即興創作改歌詞，世人評價神乎其技的那位？嗚哇，連我也想看了！」

「你好～～！」

「也沒有你登場的機會啦！波蘭斯基，你也一樣，你是來做什麼的？」

⚜

因為部下無法依靠，艾略特只得孤軍奮戰驅趕表演者，這時千金小姐們阻擋在他面前。

「殿下，在這難得的聯歡茶會中，您到底在吵什麼？」

「就是說啊！大家全都扳著手指倒數，期待今天的到來呢！」

「唔，是戈登公爵千金與塔夫特侯爵千金嗎？」

堂而皇之地向艾略特抗議的兩名千金小姐，父親均是與佛格森公爵家對立派系中的有力人士。可不是不分青紅皂白地強制命令就能解決的對象。

面對棘手的對象，艾略特一邊嘆息，同時仍堅決地阻止蕾切爾的企圖。

「這裡是牢房！蕾切爾是受到懲罰而入獄的，竟然還舉辦這種活動……」

「那種事根本就無關緊要！」

「沒錯，請別再廢話連篇，快點離開！」

「什……什麼？」

艾略特的話還沒說完就被打斷，令他吃驚不已，千金小姐們使用權力逼他離開。

「請快點回去！」

「就是啊！表演行程若是延遲……亞當．斯圖亞特大人的出場時間就會變短了！」

「咦？」

「凱薩琳小姐，這是真的嗎？」

凱薩琳．塔夫特侯爵千金的話令千金小姐全站了起來。

「喂，殿下，快點回去！」

「如果害亞當大人的出場時間變短，可是罪該萬死喔！」

「快點回去！」

「不要妨礙表演！」

「咦咦！」

群眾過於激動，令艾略特不由得後退。

「亞……亞當大人嗎？太棒了！可以看到本人嗎？」

「瑪格麗特？」

甚至連心愛的女人都完全上鉤，令艾略特相當受傷。

「喂……喂喂……竟然讓這些傢伙這麼狂熱，亞當到底是何方神聖？」

艾略特悄聲詢問波蘭斯基，結果馬屁精們全露出「您竟然不知道嗎」的眼神看他。

「他是現在在中央劇場非常受歡迎的演員。不僅是個容貌姣好的美男子，還有著雖纖瘦卻肌肉精實的身材，是渾身上下散發成熟性感魅力的性感派演員。全王都的女性都深深為他著迷喔。」

「咦？演員要在這麼狹窄的舞臺上做什麼？」

他感到困惑地反問波蘭斯基，戈登家的千金就從另一側以激動的聲音說明：

「亞當大人今天要特別表演脫衣秀喔！」

「啊？」

從剛才開始，艾略特就一直覺得這些人說的像是異次元的話。

「男人的脫衣秀？」

「請別把那與男人想看的那種低賤表演相提並論！他可會死守住最後一件衣物喔！不過能在極近距離欣賞到他澈底展現自己精實鍛鍊的肉體，可說是無上的幸福……！來到這裡的大家，今天都是夢想著要在亞當大人的小泳褲裡塞小費，熬夜把紙鈔摺得很漂亮喔！」

「啊……？」

艾略特完全無法理解，瑪格麗特噴著鼻息加以補充不足的內容。

「畢竟演員是一種不穩定的職業，有許多人會請貴族或有錢人擔任自己的贊助人！不過由於亞當大人非常受歡迎，所以別說是情人契約了，他甚至不接受那種前往私人宅邸表演的潛規則(陪睡)！不僅能將他找來家裡（？）表演，甚至說服他表演平時絕對拒絕的脫衣秀……蕾切爾小姐的面子實在是太大了！」

「是……是這麼回事嗎……？」

這是艾略特所不了解的世界。

不過，他也因此明白了在場的千金小姐為什麼會全都眼睛充血了。該死的蕾切爾，竟然砸大錢請來知名演員，以討對抗派系的歡心，真是卑鄙的行徑。

因此……

「聽好了，妳們……」

「快滾啦！」

艾略特試圖說服她們……

「我們又不是付錢來看你的臉的！」

「亞當大人～！」

結果內心受挫了。

「這……這些傢伙是怎樣……」

「她們已經興奮過了頭，完全沒意識到對方是誰，或家裡怎麼樣了……」

「可……可惡……」

如果要加以懲戒，就必須譴責所有人的家族……但是在場人數眾多，甚至連誰是誰家的女兒都難以澈底確認。

而且懲戒理由還是「熱衷於脫衣秀而無視王子的存在」……實在無法向國王稟報這種內

容……

而且……

「好想看～～我也想看亞當大人～～！」

甚至連瑪格麗特也上鉤了。

「瑪格麗特？」

但是，眾人可不會這麼容易便宜她。

「喂，不准妳看免錢的！」

「就是啊！我們可是辛辛苦苦才買到票的！」

「怎麼這樣～～……」

沒有買到預售票的瑪格麗特遭到千金小姐們的排擠。

「拜託，讓我加入～～！」

「不行！」

但瑪格麗特無法死心地繼續與對方哇哇地交涉。

「瑪……瑪格麗特，那種表演即使不看也……」

艾略特向不像話的瑪格麗特搭話，想把她帶回去……這時候——

「哎哎，各位。」

救贖之神（蕾切爾）降臨了。

「瑪格麗特小姐果然也很想看亞當大人吧。」

「是的！我想看，我很想看！」

「喂……喂喂，瑪格麗特……」

蕾切爾指向一張空椅。

「這是我以防萬一預留的座位，就給瑪格麗特小姐坐吧。」

「可以嗎？」

「喂，瑪格麗特？」

蕾切爾露出聖母般的微笑頷首。

「當然可以。面對亞當大人的笑容，任誰的心都會被擄獲的。來吧，瑪格麗特同志，請坐。」

「謝謝妳！」

「瑪格麗特——！」

瑪格麗特完全聽不進艾略特的話，欣喜至極地坐了下來。蕾切爾向她伸出手，手上放著兩枚金幣。

「然後，這個給妳。」

「咦？金幣？」

蕾切爾明知道所有千金都豎起耳朵傾聽，卻刻意壓低聲音向瑪格麗特說明：

「亞當大人會穿著彈性良好的小泳褲……雖然在褲子裡塞紙鈔當小費是慣例……不過以硬幣，而且還是格外沉甸甸的金幣作為小費的話……」

「……的話？」

「在彈性良好的褲子塞進沉甸甸的金幣……那可會發生驚人的事態……」

「驚人的事態？」

千金小姐全都動搖起來。

「我沒想到這一手！」

「竟然……太厲害了！」

「妳……妳們……」

艾略特傻眼地環顧周遭時，看見瑪格麗特竟然跪在蕾切爾面前，畢恭畢敬地接下金幣。

「喂……喂……瑪格麗特？」

「地……」

「地？」

「地牢裡有神明！」

「瑪格麗特？」

「喂，妳們給我適可而止……！」

艾略特為了掌握情勢而提高音量……

這時候，一名硬是將肌肉結實的身體塞進一襲晚禮服的美青年從他身後翩然現身。

「呀啊啊啊啊啊啊啊啊啊啊啊啊啊！」

千金小姐們的尖叫歡呼聲，粉碎了艾略特的聲音。

完全是個成人的時髦青年十分習慣應對女孩子，以熟練的舉止拋了個飛吻並咧嘴一笑。

「嗨～～小貓咪們，表演很快就會開始，再稍等一下喔。」

「喂，你也一樣……」

「呀啊啊啊啊啊啊啊啊啊啊啊啊啊啊啊啊啊啊！」

艾略特原本打算叫住亞當，卻被身後宛如海嘯般襲捲而來的尖銳興奮叫聲輾了過去。

即使艾略特想提醒，一心只看著亞當大人本尊的千金小姐們早已不把他放在眼裡。

「妳們給我適可而止，否則……！」

「亞當！亞當！亞當——！」

「……欸，聽我說話……」

「亞當！亞當！亞！當——！」

⚜

艾略特等人癱軟無力地走出來，獄卒在外頭迎接他們。

「怎麼了？」

「沒有，殿下他……」

艾略特維持趴伏在地的姿勢，流下悔恨的眼淚。

「可惡……我也是帥哥啊……平時在王宮裡接受眾人尖叫聲的明明總是我……該死，區區演員竟然敢在我的地盤……」

「在帥哥競賽中落敗了。」

「才沒有那種比賽！」

「啊～～是對手不好啊。」

「我也很厲害啊！」

「您不是說沒有那種比賽嗎……？」

「對喔！」

艾略特愈發本末倒置，這時獄卒向他遞出一個收款箱。

「殿下，抱歉。我也有我的立場……既然您都進去站著看了，多少都無所謂，能不能付點錢？」

「哪有人在賣現場票的？」

「殿下，您又離題了。」

40【變態與猴子一起喝酒】

艾略特王子的心情極度不愉快。

「可惡，臭蕾切爾……我不會善罷甘休的！」

他轉向身後，詢問身為侍從之一的伯爵家公子。

「瑪格麗特的狀況怎麼樣？」

「狀況不佳，病情還是一樣嚴重。」

少年沉著臉搖搖頭。艾略特開始更激烈地大聲咒罵。

「可惡！那個惡魔，真想立刻擰斷她的脖子……！竟然害瑪格麗特變成這副模樣……該死！啊，難道就沒有能立刻消滅那個瘟神的辦法了嗎？咕嗚嗚嗚，真想直接在地牢裡放火燒死她——！」

艾略特大吼……接著垂下肩膀。

在他身後。

「唔嘿嘿嘿嘿……亞當大人出色的腹肌……啊，真是太棒了……」

度過幸福時光的瑪格麗特，露出口水快要流下的表情，精神恍惚。即使自那天起已經過了三天，她依然是這副失了魂的模樣。

伯爵家公子表情黯淡地報告：

「如果假設最糟的情況……她也有可能就這樣成了亞當．斯圖亞特的追星族……」

「什麼？唯……唯有這一點無論如何都必須阻止！可惡！為什麼沒有醫師能治療這類疾病？」

馬屁精們看著艾略特大吼並拿家具出氣，壓低聲音竊竊私語。

「這樣下去，難保他下午不會真的去地牢縱火喔。」

「是啊……但實際要動手放火的人應該是我們吧？」

「說得也是……但再怎麼說，為了找碴而殺人實在是……」

「有沒有什麼辦法幫他適當地排憂解悶啊……」

侍從在艾略特沒察覺的情況下，悄聲咬耳朵商量。

「嗯，就這麼辦吧。」

「是啊，應該能適度地讓他消消氣。」

「好……殿下，方便打擾一下嗎？」

作為代表的侯爵家公子波蘭斯基帶著商量結果舉起手。

「做什麼？」

「是。要不要稍微煞煞氣焰愈來愈囂張的蕾切爾小姐的銳氣呢？」

「……哦？」

波蘭斯基等人一邊安撫情緒激動的艾略特一邊說明計畫。看見艾略特愈發產生興趣，馬屁精少年們暗自鬆了口氣，眾人交換了眼色。

「好，就這麼做！今晚立刻執行，去做準備吧！」

「收到！」

連忙展開行動的少年們並未察覺到……

黏在隨風搖曳的窗簾上的小小物體。

⚜

「吱吱——！」

「歡迎回來，你今天跑去哪裡玩了？」

蕾切爾溫柔地迎接從換氣窗進來的海利。猴子被她摟著梳理完全身的毛後，滿意地移動到邊桌上。

「吱吱——吱吱，吱吱？」

海利用手指在太陽穴旁轉啊轉的，最後握拳再張開。

「哦，你去艾略特殿下那邊啊。」

海利接著拿起桌上的筆，握住筆的尾端，一隻手比劃著劃火柴的動作，另一隻手則模仿著火的模樣。

「嗯~~他們打算帶鞭炮過來，從窗戶扔進來嗎？」

海利點點頭。

蕾切爾摟住海利，一邊輕撫牠的頭，一邊悄聲說道：

「海利，謝謝你，這麼一來我就能採取對策了。能麻煩你跑一趟，去監視人那邊嗎？」

「吱吱！」

⚜

深夜時分。

一群人悄悄地接近地牢所在的建築物。

「燈似乎熄了。」

「啊，那傢伙剛入睡吧……現在正好。」

艾略特等人呈扇形散開，一邊靠近地牢的換氣窗，悄悄放低自己帶來的燭臺，同時把剛買來的包裹一起打開。

在最新的玩具中，有種最適合這種時候的物品，名叫沖天炮。一旦點著，就會沿著不規則的軌道亂飛，並在火藥燒盡前發出聲音爆炸……正可說是為了射進蕾切爾的牢房而被製造出來的玩具。雖然如果做得更龐大，似乎是能用來作為武器的物品，不過目前除了以聲響恫嚇之外，沒有更大的破壞力。

不過，非常適合用在今天的目的上。

「呵呵呵……我已經可以想見那傢伙倉皇失措的模樣了。好，發射。」

「是！」

他們撕破買回來的大量沖天炮包裝袋，取出第一根，正準備點火時……

啪咻！

從換氣窗傳來細微的破裂聲……與他們正要點火的沖天炮完全相同的物品，從內側往他們這邊飛出來。而且有好幾根。

「唔哦！」

「什麼？」

由於已方散開來包圍著換氣窗，對方即使胡亂發射，也能擊中某處。沖天炮接二連三發射，並在己方陣地炸裂。

「可惡，被搶先下手了！」

「為什麼蕾切爾小姐一個人能發射這麼多？」

己方共七八個人雖然拚命發射，但單是要飛到換氣窗就已經有難度，一根根都飛往完全無關的方向。

「為什麼……？」

「喂，根本沒有用啊！」

由於與原先的意圖完全相反，令艾略特這方陷入了大混亂。

「這也很有趣呢。」

蕾切爾將一開始就設置在波板上的沖天炮一一點火。只要點著，沖天炮就會沿著波板的溝槽兀自飛出。因此與從未玩過沖天炮，拿在手上點完火才放手的艾略特那方相比，命中率高多了。

「吱吱——！」

在一旁把沖天炮排到下一片波板上的海利似乎也很愉快。

「差不多該拿出特製鞭炮了吧。」

「吱吱！」

「冷靜下來！反正對方只有一個人，只要大家一起瞄準，應該就能壓制她取勝！」

就在艾略特設法壓抑動搖時……

唰啪啪啪啪啪啪啪啪！轟隆！

一發鞭炮以前所未有的驚人聲響擊發。

「什麼？」

「喂，那個的聲音與威力都截然不同啊！」

在接二連三飛來的沖天炮中，身為見習騎士的男爵家公子從飛來的物體輪廓識破了其真面目。

「她把沖天炮綁成一束！不只綁了三四根……還綁上了鞭炮！」

「竟然有這招……！」

即使明知道沖天炮並沒有那麼大的威力，一旦在近處著地爆炸仍會令人一瞬間感到害怕。而且無論是聲音還是爆炸力，等級都與自己等人手上的沖天炮完全不同……

就在一個人擊退七八人這種有失體面的事態下……

下一個悲劇又接著襲擊而來。

「咦？」

其中一人正打算發射下一發時，突然發現理應在手邊的整袋沖天炮不翼而飛。他感到納悶地環顧周遭……結果發現一隻猴子收集了好幾袋沖天炮，正準備在引線上一口氣點火。

「啊，喂，等等！如果在那種狀態下點火……！」

在猴子退開的同時，在無人拿著的情況下點著的沖天炮開始雜亂無章地四處飛散。

「嗚哇！」

「喂，快逃啊！」

沖天炮在腳邊朝難以預測的方向飛竄，四處亂飛並爆炸。猴子為了助長混亂，還將鞭炮一一點火，扔到僵住的人身旁。

然後，最大的悲劇找上了他們。

在周遭終於安靜下來後，渾身無力地癱坐在地的艾略特身旁，突然出現了一道人影。

「……？」

艾略特抬頭一看……竟是侍女長。

「殿下……看來我前些日子責備您的話，您完全沒有聽進去啊……？」

「啊，不是……」

「說教的地點選在辦公室可以嗎？還是說……您想在夜班輪值人員工作時，跪坐在正面玄關呢？」

「……在辦公室。」

♦

「真是有夠慘的……」

艾略特慢步回到房間來。

他先受到綿延不絕的說教，然後再斥責手下計畫過於天真，此刻已經是各方面來說精神上受到打擊的狀態……他只想立刻睡覺。現在什麼都不想思考，只想倒到床上。

他在客廳脫了外衣，打算直接穿著襯衫倒到床上而打開通往寢室的門時……今晚最後一場悲劇襲擊了他。

當艾略特打開寢室的門時……看見一隻猴子。

「啊？」

無論怎麼看，都有一隻猴子。對方露出吃驚的表情……而且手裡拿著火把。

「咦？你……等……那是？」

猴子把手中的火把扔向艾略特，並趁他嚇到時從他身旁逃跑。

「可惡！衛兵！縱火猴出現了！」

雖然連他都搞不懂自己說出的話是什麼意思，不過猴子拿著火把待在艾略特的寢室裡，除此之外他想不到其他可能。

「臭蕾切爾，竟然突然來縱火這一招……？」

找遍全王宮，白毛小型猴子只有那個笨蛋的寵物而已。艾略特踩熄猴子朝自己扔來的猴子尺寸火把後，慌張地確認房裡有哪處被焚燬。

就結論而言，猴子並沒有放火燒家具。

牠似乎沒打算在室內縱火，遍尋不著燃燒的物品。只不過……出現了多餘的東西。

「這是什麼……？」

艾略特試著走進寢室，只見地板的各處都擺了鍋子。數量大約是十個。

地板上鋪了一片板子，上頭堆著由松脂與木屑混合而成的物體，上方再擺著鍋子。猴子點著的似乎是板上的混合燃料。以中火慢慢加熱過度的鍋裡，看起來裝著玉米粒和油。

艾略特並不知道所謂的爆米花。

在他採取任何行動之前（說起來，即使他立刻滅火，也沒那麼容易滅掉吧……），第一顆玉米粒在第一個鍋子裡爆開來。

砰！

「咦，什麼？」

一發小聲的破裂聲響起，緊接著加速度擴展開來。

唰啪啪啪啪啪啪啪啪啪啪啪啪啪！

莫名其妙的白色顆粒四處彈跳。

那白色顆粒眨眼間增加數量，簡直像是從下往上冒的冰雹，劇烈地撞上艾略特。

「好痛！好燙！這是什麼？」

於是，周遭一帶都散發著油香味……

趕來的警備騎士全都束手無策。對他們來說，爆米花也是未知的物品，他們連能不能突然灑水都搞不清楚。

就在不過來也無妨的侍女長趕來並大發雷霆的期間，白色顆粒仍持續增加……當莫名其妙的爆炸平息時，艾略特的房間已經被放眼望去盡是一片雪白的白色顆粒汙染了。

⚜

波蘭斯基精疲力竭，他經過後院，正準備抄近路回家。途中他想要小歇一會兒，於是坐到走廊的平臺上喘口氣。

「唉……累死了。」

今天的徒勞無功感格外嚴重。沒想到蕾切爾小姐竟會以沖天炮反擊……她一開始就連這種東西都帶了進去嗎？果然是位恐怖的千金小姐。

「啊……既然都要被千金小姐耍著玩，為平胸效力還比較有價值呢……」

蕾切爾小姐的類型正好相反。而且她還長得高又漂亮，完全沒有可愛感。

「儘管同樣充滿自然美……但果然還是瑪格麗特小姐更好啊，嗯。」

他兀自感到認同，下意識看向前方時……看見一隻猴子。牠身上揹著籃子，看起來像是碰巧路過。記得名字叫作……

「……『亨利』？」

記得這傢伙應該是蕾切爾小姐的寵物吧。

「吱吱——！」

猴子拚命搖頭，不過他不認為在王宮裡會有兩隻同樣的猴子。雖然不清楚牠為什麼極力否認，不過自己與殿下不同，並不打算連猴子都欺負。

「你在這邊亂晃是無所謂……不過可別在奇怪的地方惡作劇喔。」

不知道猴子聽不聽得懂，他還是姑且提出忠告。就算是波蘭斯基，也不知道牠是在艾略特的房裡盛大地惡作劇後回來的。

「嗯？」

回過神來，「亨利」已經靠近波蘭斯基，窺探他的臉。看來所謂的寵物在不中意的人類出現時，反而會格外在意。

「亨利」放下背上的籃子，從裡面拿出橘子遞給波蘭斯基。

「吱吱——」

「怎麼，要給我嗎？你真是個好傢伙……」

「亨利」將橘子交給波蘭斯基後就在他身旁坐下，一副「如果有話想說，我可以聽喔」的感覺仰望他。

「原來如此，這樣看起來，所謂的寵物還真是可愛啊。」

雖然不知道牠是否聽得懂人話，但莫名想抱怨的波蘭斯基還是結結巴巴地向「亨利」抱怨起來。

「就是這樣。我明明已經很努力了，卻一直得不出成果……」

不知道猴子有沒有聽懂，但牠邊聽邊點頭。在他說到一半停下來時，「亨利」還以肢體語言表示「你等一下」然後起身，暫時消失了蹤影……結果當牠回來時，手上竟然拿著一個迷你瓶威士忌與小酒杯。

「吱吱！」

牠動作靈巧地排好兩個杯子，倒入琥珀色的液體後，把其中一個遞給波蘭斯基。

「吱吱——！」

「喂，你是從哪裡拿出這個的？」

「吱吱吱！」

「咦？主人的？會挨罵的只有你，所以我不用在意？『亨利』，你是個真男人啊……」

深感欽佩的波蘭斯基感激地接過，與猴子「亨利」一同舉杯。

雖然牠是隻猴子，實際上不會喝酒，但這樣做感覺就像正在酒館裡與推心置腹的朋友聊天似的。「亨利」也很懂得抓時機，會一邊點頭附和波蘭斯基的話一邊不斷替內容物減少的酒杯斟酒。

不知不覺間，喝個爛醉的波蘭斯基就開始向「亨利」抱怨起工作之人的痛苦。

「殿下完全不知道別人有多辛苦。」

「吱吱。」

「對，就是這樣！唉，真羨慕那些不懂在人底下工作的辛苦的人～」

「吱吱～」

「你懂嗎？你懂我的心情嗎？就是說啊～」

「吱吱，吱吱！」

「扔出辭呈然後揍他？啊哈哈，如果辦得到就好了。」

雖然幾乎算是獨自喝悶酒，不過有人能傾聽自己抱怨真是愉快。如果對方是貴族就得考慮面子，即使對象是妻子，想必也很難完全不顧形象。

到了酒瓶喝乾的時候，波蘭斯基感覺心情已經好了許多。

「好，那麼我該回去了。」

「吱吱！」

「啊？哦，別擔心，門口會有馬車來接我！嗯，『亨利』，謝謝你啊。」

「亨利」把喝完的空瓶與酒杯收進背上的籃子裡，又遞出一塊看似硬布的物品。

「嗯，這是什麼？」

「吱吱~~嘎嘎！」

「好東西？大部分的人會因為這個打起精神？哈哈哈，真不好意思，竟然把寶物送給我，我就心懷感激地收下嘍。」

「吱嘎——」

與揮著手的「亨利」道別，波蘭斯基在滿天星斗下邁開腳步。

總覺得煩惱已經一掃而空了，這麼一來從明天起似乎能繼續努力。

波蘭斯基心情愉快地仰望滿月，瞇細雙眼。

然後，在他正要通過第一道城門時，由於形跡過於可疑而遭到盤查。

「是波蘭斯基侯爵家的嫡長子閣下嗎……工作辛苦了。」

與恭敬的言詞相反，一臉狐疑的騎士像要擋住波蘭斯基的去路般站在他面前。他身後還有另一個人。

「您似乎喝了不少啊……今天沒有派對吧？是被殿下勸酒了嗎？」

「不，我是跟朋友在附近喝到剛剛。」

「哦……除了殿下以外，在王宮裡還有哪位會勸您酒嗎……？」

「嗯，是猴子『亨利』。」

即使這是事實，如果是平時的波蘭斯基，應該能轉得更好吧。不過他現在剛喝完酒，而且雖說是迷你瓶，喝光一整瓶蒸餾酒，一般人即使酩酊大醉也不為過。

問題出在對象根本不可能拿得出酒，還是出在對象是隻猴子上呢？提問的騎士等人全變了臉色。

「……閣下，現在可不是開玩笑的時候。」

「我沒有開玩笑！」

「這樣啊。那麼，您是與誰喝酒了呢？」

「就說了，是猴子『亨利』啊。」

「……這樣啊。那麼，退一百步來講，您是與猴子喝酒的話，是邊喝邊做什麼呢？」

波蘭斯基乘著酒勢抬頭挺胸回答：

「哦，我請他聽我抱怨工作上的苦水！」

「……抱怨工作？對猴子說？」

「沒錯！」

「……猴子怎麼說？」

「嗯，牠說如果我真的討厭，就扔出辭呈揍我的上司！」

「……猴子這麼說？」

「是啊，那當然。畢竟在場的只有我跟『亨利』啊。」

「……這樣啊。」

在前面詢問的騎士對身後的騎士使了個眼色。在後方擋住去路的騎士就暫時離開，從城門找來增援的士兵。

「對了……閣下，您手上拿著什麼？」

波蘭斯基就那樣將「亨利」剛才送給自己的「某物」拿在手上。

「對喔，這是什麼呢？」

他攤開一看……發現是用來支撐女性胸部隆起的，那個物品。

「……就下官看來，那似乎是女性的貼身衣物。」

「嗯，沒錯。這叫緊身胸衣。」

「……請問您是從哪裡拿到的？」

「這個嗎？這是剛才喝酒時，『亨利』送給我的。」

「猴子送的嗎？」

「猴子送的。」

騎士已經不再壓低聲音，他命令蜂擁而至的士兵將波蘭斯基帶去騎士團值勤室。

「不，等等等等！這是真的，我真的是從猴子那裡收到的！」

「……退一萬步來講……為什麼猴子要將女性貼身衣物送給閣下？」

「那當然是作為友誼的證明啊！」

提問的騎士又對另一個人低語：

「喂，或許再找些人增援比較好。」

「我馬上安排。」

「為什麼會得出這種結論啊！」

「下官倒是覺得不會得出這種結論才不可思議……那麼，換個問題。您認為猴子為什麼要將這個作為友誼的證明送給您？」

「哦，似乎是因為……收到的人都會因此打起精神。」

「喂，去調查看看有沒有女性受害。既然是這種程度的變態，受害者或許是身分崇高的女性。」

「考慮到腦袋的狀況，似乎不能限定女性的年齡啊。」

「就～說～了～你們為什麼要把我當成奇怪的傢伙？」

「因為您完全就是個變態……失禮了，是因為您說那是隻猴子給您的東西。」

「我知道這是誰的喔！畢竟是『亨利』拿來的，所以這肯定是蕾切爾．佛格森小姐的所有物。」

「那麼，您為什麼不打算當場將它退還？」

「因為這充滿了『亨利』的友誼啊！」

「喂，總之去一趟地牢向佛格森小姐確認。」

「說起來，是不是應該把這傢伙也關進地牢裡啊？」

「怎麼能將這變態與千金小姐關在一起！」

騎士們已經絲毫不打算掩飾，光明正大地在當事人面前商量起來，波蘭斯基開口抗議。

「你們認為我出於自己的興趣，偷了蕾切爾小姐的貼身衣物嗎？」

「是的，沒錯。確實如此。」

「開什麼玩笑！」

波蘭斯基賭上自尊……沒錯，賭上王國平胸主義協會會長的威信宣告：

「我根本就不可能會對蕾切爾小姐的貼身衣物感興趣！我可是個道地的平胸主義者！只會對些微的隆起感興趣而已！」

「喂，多召集些人過來！要是讓這個戀女童癖的傢伙逃跑就糟了！」

「你們是怎樣！我不是說了嗎？我是個平胸主義者！為什麼要把我當成戀女童癖！」

「為什麼你認為剛才所說的話不會讓你被認定為戀女童癖？」

「你們是白痴嗎！」

信念堅定的男人波蘭斯基，堂而皇之地向逼近的警衛放話：

「平胸主義是喜愛些微隆起的人！戀女童癖是喜愛幼齒的人！這兩者失之毫釐，差之千里！只有一點特質重疊，不過是完全不一樣的興趣嗜好！」

「好好好，剩下的到騎士團值勤室再聽你說！好了，不准抵抗！」

這一天。

那些撞見被騎士押走的年輕貴族的人，全都目睹了他持續悲痛吶喊的模樣。

「不對！完全不同！聽好，平胸主義不是戀女童癖！平胸主義不是戀女童癖啊——！」

身為總管的蘇菲亞難得地前來地牢報告。

「由於國王陛下等人差不多要抵達王都了，我想來與您討論方針。」

「說得也是。等陛下回來後，這起騷動就要落幕了，我可不想在最後搞得亂七八糟。」

當主人等人在商量時，海利在一旁一邊吃著蘋果，一邊回想起自己剛才在走廊上遇到的年輕人。

那雖然是個把海利的名字記錯的粗心之人，不過一會兒哭一會兒笑，是個有趣的傢伙。

他冗長地說了許多自己聽不懂的話，最後心情愉快地回去了，所以煩惱應該解決了吧。

海利在離別之際，把所有雄性都會喜歡的東西送給對方。畢竟主人有許多件，送他一件應該也無妨吧。

希望他能因為那個而過得愉快。

海利從小小的換氣窗眺望夜空的星星。

⚜

「殿下，廚師說這叫作『爆米花』，似乎是可以吃的食物喔。」

「那種事現在無關緊要！該死的蕾切爾，根本不是睡覺的時候啦——！」

Slow Life of a Young Lady in Prison, Triggered by Breaking Off the Engagement
Second volume

第8章

三流戲劇宣告落幕

41

【千金小姐畏懼暴風雨】

「因為艾略特王子實在太愚蠢了」。

追根究柢，或許能用這句話一言以蔽之。

或許是王子的攻擊無論怎麼做，總是成不了氣候。

才會導致蕾切爾下意識地傲慢起來。

認為無人能夠破壞地牢的寧靜。

就在王宮裡的眾人滿心期待國王歸來時。

……暴風雨降臨了地牢。

⚜

波蘭斯基遭到逮捕的消息，震驚了艾略特的辦公室。

「什麼，波蘭斯基他……？」

連艾略特也面無血色。這麼一來，繼喬治、賽克斯之後，自己的侍從中地位最高的三個人都脫隊了。王子的震驚程度難以估量。

而前來報告的伯爵家公子看來也難掩內心的悲痛。

「根據目擊者表示，他昨晚被侍女長釋放後準備回家的路上……喝個爛醉並喊著奇怪的話，於是被城門的衛兵懷疑而盤問之後帶走了。」

「怎麼會……？呃，被說教之後的確會令人想喝杯小酒沒錯……就算是這樣，波蘭斯基也不可能做出會遭到逮捕的事情來才對！我要立刻去向衛兵抗議……」

「據說他喝得爛醉出現在城門前，一邊揮舞著女性貼身衣物一邊不斷喊著：『戀女童癖最棒！』……」

「……呃，這樣啊……希望他能早日被釋放。」

艾略特無力地坐了下來。

很遺憾地，王子會選擇沉默，表示他也無法區分平胸主義與戀女童癖的差別。波蘭斯基的傳道之路仍須努力。

……倒不如說，至少艾略特也該相信他是無辜的才對。

瑪格麗特擔心地跑向艾略特。不過現在似乎不是反芻這無上美好時光的時候。

「艾略特殿下……請打起精神來！」

「瑪格麗特……我已經不知道該怎麼辦才好了……」

「對了，只要拿著這個，一定就能打起精神！」

瑪格麗特從口袋裡掏出一條華麗的紫色布料。

「這是能給予人美好的夢想與希望，人類最棒的寶物！」

「咦，這是什麼？」

「亞當大人的小泳褲！這是他在最後扔出來時，我在與其他千金小姐的爭奪戰中獲勝搶到的！」

看來她並不至於在對方還穿在身上時硬是搶走。

「那傢伙的？不，不用了！我才不需要！」

「咦？為什麼？」

艾略特下意識往後退，瑪格麗特感到不可思議地看著他。

在這愉快的氣氛當中，王子的侍從之一衝了進來。

「打擾了！在地牢裡的蕾切爾小姐……」

「做什麼？現在不是談論她的時候啊，那傢伙又做了什麼好事？」

「不是，那個……她似乎正在被面見的客人責備而發出慘叫！」

「什麼！」

蕾切爾把自己關在自己固守的地牢……深處的淋浴區浴簾裡。

當艾略特等人趕到時，蕾切爾已經是這副模樣了。

先抵達的客人似乎沒有注意到艾略特等人，而是朝蕾切爾呼喊。

「蕾切爾小姐！只要休息一天，就會浪費掉兩天份的努力喔！還不快點出來！」

「就是說啊！『持續就是力量』，妳已經需要花費半年的時間才能彌補回來嘍！」

「我～才～不～要～！我已經被殿下毀婚，不需要接受王妃教育了！」

「別說蠢話了，快出來！」

那個蕾切爾竟然處於下風。

艾略特看見岔開腿站立，朝牢房裡怒吼的兩人，也不禁露出「嗚哇……」的表情。

「是薩瑪榭特公爵夫人與馬爾伯祿伯爵夫人嗎……」

薩瑪榭特公爵夫人是王宮的活字典，負責王妃教育的教養課程。儘管擁有公爵夫人的頭銜，但她其實是單身王族，是韋瓦第親王的王姊。

另外一位馬爾伯祿伯爵夫人雖然是臣子，卻擁有在王宮裡出生成長的獨特背景，負責儀禮課程。由於她的父親與丈夫都在宮裡擔任儀典官，沒有比她更恐怖的風紀惡鬼（禮儀）了。別說是王妃教育，甚至在宮裡的一切禮儀上受人畏懼的雙璧，此刻在這裡到齊了。

「關於這次的事件，我們之前一再向旅行中的陛下夫妻提交請求釋放妳的請願書，並詢問後續方針……現在終於收到王妃陛下回覆『繼續教育工作』的回音了。對於殿下的瘋狂行徑，我們咬牙切齒地不知該如何是好……但既然已經決定了方針，接下來就會更加努力補回推遲的課程喔！」

馬爾伯祿夫人握拳怒吼，有點不顧形象。

「真是的……我們持續送了兩個月以上的書信才終於收到回音，陛下夫妻也太優柔寡斷了。等兩位回來，非得稍微抱怨幾句才行……」

薩瑪榭特夫人眉間緊蹙。

由於國王陛下不想碰觸嘮叨的人送來的執拗書信，於是只讓侍從確認內容後就擱置。他已經逃不過被說教的命運了。

「我～辦～不～到～～！我被關在這裡出不去！沒辦法去上王妃教育課程～～！」

「只要在這裡講課就行了！做不到的頂多只有練習舞蹈而已！」

「我都特地到別墅來了，為什麼還非得讀書不可？」

「還不是因為妳累積太多需要學習的內容了！」

無論蕾切爾怎麼說，老夫人們似乎都不肯放棄。這是理所當然的，畢竟在魄力上如果會輸給小姑娘，就無法擔任教育指導了。

蕾切爾躲在浴簾後方不肯露臉，她繼續激動地說著：

「說到底，我既然都已經被殿下毀婚了，接受王妃教育還有什麼意義？」

「未來的王妃必須具備應有的素養！」

說的話搭不起來。

「所以說殿下……！」

「艾略特怎麼樣都無關緊要！」

薩瑪榭特夫人對毫無幹勁的蕾切爾大喝一聲。

「下任王妃就是蕾切爾小姐！這是既定事實。既然王妃陛下的回答是繼續下去，就表示陛下夫妻也是這麼打算的。區區艾略特，只要『灌注個兩三發骨氣』就會乖乖聽話了！」

公爵夫人的教育方針還停留在舊時代。

「即使如此，他還是拒絕的話……？」

「只要『灌注個二三十發骨氣』，他就會乖乖聽話了！」

公爵夫人的個性與瑪蒂娜實在很合。

「說到底，我也討厭那種虛有其表的笨蛋王子啊！」

儘管是自己毀婚對象所說的話，遭流彈所傷的王子還是發出呻吟，不過情緒激動的女性們都沒有察覺到就是了。

「正因為是虛有其表、自戀且腦袋空空的艾略特，才需要堅強可靠的王妃！」

薩瑪榭特夫人也激動起來，完全沒有注意到艾略特一行人的存在。

「說起來！我們打一開始就很清楚，那個底部有洞派不上用場的花瓶腦袋，一輩子都不可能勝任國王的職務！只是一般來說會由長子繼承王位，正因為如此，才需要能完美隱藏各種破綻的蕾切爾小姐！」

夫人將連當事人也不想聽到的內幕和盤托出。

「但我不想成為王妃，也討厭跟殿下結婚啊！」

「那種微不足道的小事就別在意了！」

「在意一下啦！這是很重要的事情耶！也尊重一下我的意願啊！」

「反正身為貴族千金，婚姻基本上都是政治聯姻！只要陛下這麼期望，蕾切爾小姐從一開始就別無選擇！」

「就算這樣，我還是討厭那個笨蛋殿下（艾略特）——！」

艾略特一再被流箭刺中，支撐不住而蹲了下來。

「如果妳討厭他，換成雷蒙德也可以。總之下任王妃已經決定是蕾切爾小姐了，夫婿就留待日後商榷。」

「這樣不是反過來了嗎～？如果是王室，照理說應該是換個妻子才對吧？」

「單靠那種簡單的做法，國家無法存續下去！」

由於夫人們暢所欲言，讓艾略特因為心靈受創而痛苦地趴跪在地。

「艾略特殿下！振作一點，艾略特殿下！」

瑪格麗特輕撫艾略特的背，同時瞪向正在爭執的那些人的背影，代替王子試圖向老太婆們抗議……相當魯莽。

「喂，妳們以為自己是誰啊，竟然一再放肆地貶低艾略特殿下？艾略特殿下是認為不能放任蕾切爾小姐繼續蠻橫下去，才會挺身反抗的喔！」

「瑪格麗特……！」

艾略特感動地眼眶泛淚。

「艾略特殿下……！」

兩人互相凝視。

而熟女們不識趣地破壞了這樣的氣氛。

「艾略特殿下！真虧您好意思光明正大地露臉啊！」

「艾略特……你從以前開始就一直在逃避講課，我認為你今後一定成不了氣候……現在你竟然恬不知恥地出現在這裡，這樣正好！就讓我好好地向搞不清楚什麼事可以做，什麼事不可以做的你抗議一番吧！」

「我……我只是做了正確的……！」

「在下！」

「是！」

簡直像是出現在傳說裡的食人魔一樣，因憤怒而露出駭人神情的馬爾伯祿伯爵夫人一步步逼近。

「艾略特殿下……你這個態度，看來有必要在向蕾切爾小姐致歉前加以懲罰……！」

「咦……什……麼……？」

馬爾伯祿伯爵夫人突然把艾略特背部朝上地橫抱了起來。

「唔咦？」

夫人輕輕鬆鬆地就將快要成年的艾略特夾在腋下……

唰！

「咦？」

「呀啊——！」

她把艾略特的褲子褪到膝蓋處。

「馬爾伯祿夫人，妳做什麼？」

「『做什麼』是我想說的話！對你的愚蠢行徑加以懲罰才能向蕾切爾小姐展現誠意！」

馬爾伯祿伯爵夫人高舉起手，朝著艾略特意外光滑的漂亮臀部……

啪！

「快……快住手！」

「才打一下而已吧，真是不耐痛。」

「問……問題不在那裡……！」

夫人充耳不聞，再度舉起手……

啪！啪！啪！啪！

令人心情愉快到甚至覺得爽快的聲響連續響起。

「等……等一下，馬爾伯祿夫人！我也得顧及所謂的顏面……！」

「在下！」

巴掌愈發毒辣……

「住手，快住手啊……！」

艾略特會阻止她並不只是因為疼痛。

心愛的瑪格麗特正看著一切。

可惡的蕾切爾也從浴簾後方探頭窺探。

而理應展現威信的馬屁精們則全都僵住了。

必須顧及顏面的對象明明齊聚於此，自己卻像個兒童般露出臀部被打屁股……比起身體上的疼痛，對精神上的「打擊」更甚！

不過馬爾伯祿伯爵夫人絲毫不管那種事。

啪！啪！啪！啪！

持續下去。

永無止盡地持續下去。

「拜託，別再打了！很痛耶！拜託！而且很丟臉啊！」

無論艾略特再怎麼懇求，她都不肯住手。

而侍從們……也因為知道對方的身分而不敢阻止。如果在這裡的人是騎士，或許得優先聽從身分地位較高的艾略特指示；不過對貴族來說，違抗這個妖怪老太婆（不可接觸之人），比無視王子的命令還要危險。

艾略特的臀部腫起，已經只發得出呻吟聲了。薩瑪榭特公爵夫人見狀，向馬爾伯祿伯爵夫人開口：

「夫人，差不多……」

已經發不出聲音的艾略特原本浮現欣喜的表情……

「……該換我來了。」

這時候的絕望感可說是筆墨難以形容——艾略特後來這麼表示。

比韋瓦第親王長三歲的王室管理者以感覺不出年紀的強勁力道把艾略特「接了過去」！

「馬爾伯祿伯爵夫人，聽好了，一旦像我這樣老態龍鍾，就無法跟妳一樣一再賞人巴掌了。」

話雖如此，她卻能輕鬆將一名即將成年的男生（艾略特）夾在腋下。

公爵夫人的手上不知不覺間已經握住了皮革拖鞋。

「但相對地，因年齡而衰老的份，則能以知識來替補。」

唰啪！唰啪！唰啪！唰啪！

威力與速度都增加的輕快衝擊聲響徹室內。

「學到了一課，謝謝指導。」

「嗯。」

「別教多餘的事啊——……！」

在艾略特發不出聲音地被放到地板上後……

「喂，妳們倆！竟然對艾略特殿下做出這種事！」

魯莽的瑪格麗特頂撞了兩個老太婆。「住手啊！」——即使馬屁精們全都頻頻以手勢加以制止，但怒不可遏的瑪格麗特根本看不進去。

「哦，妳是？」

瑪格麗特抬頭挺胸地回答：

「我是瑪格麗特．波瓦森！是波瓦森男爵家的瑪格麗特！」

「身為貴族千金，講話竟然這麼沒禮貌！……看來需要加以懲罰。」

「唔咦？」

馬爾伯祿伯爵夫人把還沒搞清楚情況的瑪格麗特橫抱起來，掀起裙子，把褲子褪到膝蓋處。

「不，等等！我是女孩子耶！妳在眾目睽睽之下要做什麼！」

「沒有男人會對這種青澀的臀部產生慾望的。」

「不，大家全都別開視線！而且滿臉通紅啦！」

啪！啪！啪！啪！

「哇啊啊啊啊啊！」

「身為千金小姐，豈能發出這種不檢點的慘叫聲！」

「妳……妳對我做出這種事來，艾略特殿下絕對不會乖乖閉嘴的！」

「千金小姐用詞豈能像平民百姓一樣粗俗！」

啪！啪！啪！啪！

「哇啊啊啊啊啊啊啊啊啊啊啊！」

蕾切爾察覺到聲音改變了，而從浴簾後方探出頭來……然後慘叫起來。

「那是我的！明明是屬於我的沙包！我本來很期待第一個打她耶！」

「妳說誰是沙包啦！」

「這種粗魯的措辭是怎麼回事！」

啪！啪！啪！啪！

「夫人，差不多該換我打了。」

「妳們所謂的懲罰是騙人的吧，根本只是在取樂吧？」

「下一個換我！換我！」

「妳也給我閉嘴！這個瘋狂的虐待狂混帳！」

「為什麼妳的用字遣詞就是改不過來？」

「少囉嗦，妳們先給我住手再說啦！」

唰啪！唰啪！唰啪！唰啪！唰啪！

「嗯，打起來很暢快！」
「沒有錯吧？」
「啊～我的沙包一直被人拿去用……！」
「妳們全部一起去死一死啦！」
「這種粗魯的措辭是怎麼搞的！」

⚜

「聽好了，蕾切爾，如果妳一直不肯乖乖聽話，也會落得這種下場喔。」
負責王妃教育的兩名鬼教師結束教育性指導（懲罰）後就面色紅潤，心滿意足地離開了。
「……」
留下了蕾切爾……露出臀部癱倒在地板上的王子殿下與貴族千金，以及尷尬地保持沉默的艾略特的馬屁精們。

就在眾人鴉雀無聲的情況下……

艾略特蠕動著緩緩起身，彎腰試圖穿上褲子……卻因為紅腫的臀部疼痛而中途作罷；瑪格麗特也啜泣著勉強穿起褲子，裙子則順利地放了下來……這是理所當然的。

就在所有人一片沉默的空間裡。

身為房間主人的蕾切爾思索著該講些什麼才好……最後眨了眨眼，豎起拇指。

「很可愛！」

「吵死了！」

這時有人拍了拍艾略特的膝蓋，他低頭一看，只見海利一臉同情的表情遞出橘子。

『別介意了，來，這個給你吃。』

「少囉嗦！誰需要你這隻死猴子同情啊！」

「該死～～給我記住！」

露出半顆臀部的艾略特哭著跑走了。瑪格麗特跟在他身後……其他馬屁精則不知道該不該追上去而面面相覷。

♆

接下來的一週內，艾略特一步也沒有離開過自己的房間。

42【王子（預定）暗殺千金小姐】

艾略特王子的辦公室裡瀰漫著一股詭譎的氣氛。

一直把自己關在寢室裡的艾略特終於出來了，從他身上散發出一種宛如被逼上絕路的吉娃娃般凶暴的氣息。

在他的命令下全體集合的馬屁精們，對艾略特前所未有的模樣刮目相看。

「各位，外出視察的父王與母后終於要回來了。他們已經派人通知，今晚會投宿於提列爾巾，並在明天上午抵達王宮。」

「哦，終於要回來了……」

「這次的視察旅行還真久啊……」

「聽說是陛下在途中龍體欠安。」

侍從七嘴八舌地交談，艾略特舉起手打斷他們，繼續說了下去。

「我一開始的打算是逼蕾切爾認罪後，把她拖到父王面前，請他正式承認毀婚一事，以及批准瑪格麗特跟我的婚約。不過……！」

艾略特雙手握拳舉起，然後重重搥打桌面。

「那個可惡的魔女，不僅不怕被定罪，至今為止甚至在牢房裡隨心所欲地為所欲為！雖然不期待她會產生罪惡感，但沒想到她竟然過著比在外面時更愉快的日子！這未免也太奇怪了吧！」

馬屁精們面面相覷。

王子說得的確沒錯，這點眾人平日已經深有所感……不過他們並不清楚為什麼事到如今還要召集所有人講這種話。

在眾人感到納悶的時候，艾略特繼續說道：

「不只如此，因為父王他們的視察旅行延長的緣故，導致蕾切爾的手下在這段期間暗中活躍……設法令跟她有關的各種事件都變得對她有利。現在，王宮裡的人甚至會在我們聽得見的地方，說出袒護蕾切爾的話！」

正確來說，他們所說的是從「王子不可靠」到「蕾切爾的罪是不是被誤判了？」這樣的內容，並不是直接袒護蕾切爾。

倒不如說，如果艾略特能將每件事妥善處理好，就不會出現這種話題了，但艾略特等人分不出差別……因為艾利是個笨蛋啊。

「在這種狀態下，即使父王回來，也很有可能會以『是你們誤會了』作結。開什麼玩笑！他把我這三個月的苦戰當成什麼了！」

雖說現況的立場危險性還不只這樣，但艾略特的認知就是這種感覺。

「所以……」

艾略特終於進入了正題。馬屁精們全都屏息以待。

「我再也無法忍耐了，我要在今晚暗殺蕾切爾！」

您平時也沒有在忍耐啊——這種吐槽的話，他們現在實在說不出口。

艾略特話語的衝擊性，令無聲的緊張竄過少年們之間。

今天的宣言與平時的等級截然不同。只要看看艾略特那被逼上絕路，甚至令人感到些許瘋狂的神情，就能明白他的話極為認真。沒錯，他渾身上下散發出即使對手是獒犬也會去咬死的長毛吉娃娃一般，暴虎馮河的殺氣。

艾略特指向伯爵家公子。

「你負責去準備武器。蕾切爾手上有弩弓，所以至少要有三副盾牌跟三把弩弓，如果可以，希望再準備三把能給她致命一擊的長槍。帶三個人立刻去做準備！」

「是！」

王子殿下看向坐在另一側的子爵家公子。

「你帶兩個人去監視進出地牢的人物。畢竟父王明天就要回來了，除了平時進出的人以外，或許也會有蕾切爾的手下進出。」

「是！」

「為了避免在明天早上之前被發現，等獄卒一離開就立刻行動。」

「畢竟那傢伙明明是獄卒，卻幾乎不值夜班啊。」

「那種事現在無關緊要了。那就出發吧！」

在艾略特的號令下，少年們一起衝出了辦公室。

稍後。

前來倒茶的女僕在收拾了茶杯後離開房間，她一進入傭人專用的工作通道，就扔掉裝有茶具的推車，邁開腳步奔跑。

⚜

伯爵家公子帶著夥伴趕路的途中，不由得開口抱怨。

「下定決心行動是好事……但殿下要是能早點說就好了。」

現在是傍晚。

……沒錯，是傍晚，計畫執行當天。

也就是說，獄卒應該很快就會回去。即使是在深夜，牢房裡有燈亮起還是會被巡邏的騎士懷疑，因此已經沒有多少時間可以闖入地牢了。

「不奢望他昨天就說……但至少如果能在中午前告知，我就能從家裡帶來了。」

至於攜帶長槍或弩弓該如何通過門衛那關，他還沒有考慮過。因為他們是艾略特們。

他對於該如何籌措武器毫無頭緒，也不知道該往哪裡去才好。他不知道該如何是好，只是帶著夥伴們在王宮裡漫無目的地閒逛。

「從騎士團的武器庫偷嗎？不過有警衛在啊……」

正當伯爵家少爺因為人生中最大的難題而煩惱時……跟在他身後的男爵家三男拍了拍他的肩膀。

「那個！請看那裡！」

「嗯？」

順著他的視線看去……在看似倉庫的某棟建築物旁，有三副盾牌、三把長槍與三把弩弓靠在牆邊立著。甚至還有弩弓用的弓箭筒。

牆上貼了一張紙。

『防止蟲蛀晾曬中　別碰！　禁衛騎士團』

少年們開心地互拍肩膀。

「這真是如有神助！」

「太好了，這下正好！只要帶走這些武器，就不會被殿下斥責了！」

四個人在確認四下無人後，就連忙扛起武器逃跑了。

至於武器數量為什麼會如此剛好？

騎士團為何只將這點武器拿出來晾曬呢？

為什麼無人看守，就這樣刻意誇耀般地放在那兒？

少年們對於這些事情完全不抱持疑問。因為他們是艾略特們。

⚜

畢竟子爵家公子等人是直接從辦公室出發，因此地牢稍晚才接到警告。

在與專屬王子辦公室的女僕交接後，園丁前往可以從遠處確認地牢的位置後暫時停下，確認對方的監視狀態。

他繞了一大圈確認周遭後……歪了歪頭。

「只有入口……有人監視……？」

跟聽說的一樣，三名貴族少爺正監視著地牢。

雖然的確在監視，但三人只是排成一列，站在那兒監視著大門出入口而已。也因此，可以看出先前出於同樣目的而安排的騎士，都待在旁邊的草叢中一臉困惑。

園丁雖然懷疑這是陷阱……但無論怎麼看都不像。感到困惑不已的他，並不清楚艾略特們的水準。

總之似乎不會造成阻礙，因此園丁繞到後方的換氣窗前。監視後方的騎士是自己人，所以他先行接觸對方，簡短說明來意後，請對方協助警戒周遭。

在園丁彎下腰呼喚後，蕾切爾隨即回應了。

「你至今為止明明從來沒有直接緊急聯絡過啊，怎麼了嗎？」

「是，其實是……」

蕾切爾聽完，在短時間內就迅速做出結論。

「那麼，武器是由我方負責安排的嘍？」

「是，保險起見，應該已經請騎士團裡的夥伴準備好派不上用場的武器了。」

「那麼，就直接放殿下等人前來襲擊這裡吧。畢竟一路累積了這些間接證據，就藉此一口氣讓對方完全沒得辯駁吧。」

「是！」

蕾切爾叫園丁與騎士交換，並下達與騎士團相關的指示。

「不需要特地挑選夥伴輪值，不過，值班的小隊長必須是自己人。」

「要撤離地牢周遭的監視網嗎？殿下似乎已經忘記自己曾派人來監視的事了。」

「維持原樣就好，否則事件一旦發生，日後被追究為什麼只有今晚撤離監視網的話，或許會造成問題。倒不如說，在忘了這件事的殿下等人闖入後，得請他們負責前往騎士團值勤室報告的任務。」

「是！」

在艾略特等人手握武器，士氣高漲的時候——

蕾切爾這方也已經悄悄地準備就緒了。

⚜

就在黑暗籠罩天空的時刻。

「我們上！」

在艾略特的號令下，他的侍從們一同湧入地牢。眾人發出噠噠的腳步聲一口氣衝進地牢前側房間，手持弩弓的人站在持盾之人身後，架好弓箭對準牢裡。

最後走進地牢裡的艾略特一派從容地朝牢房裡開口。乍看之下很平靜，但唯有視線滲出瘋狂的光芒。

「蕾切爾，妳一定已經聽說父王他們明天就會回來的消息了吧。妳八成打著如意算盤，認為只要等明天向父王與母后喊冤，中意妳的母后就會放了妳……不過很遺憾，妳已經見不到明天的太陽了。」

這番話雖然稍微兜圈子，不過如果是蕾切爾，應該聽得懂他想表達什麼。艾略特原本期待她的反應……結果，蕾切爾當著他的面傻眼至極地嘆了口氣。

「我原本以為殿下會稍微動點腦筋思考……」

「啊？怎麼，你以為我不會訴諸武力嗎？真是太小看我了，我可是只要該做就會去做的男人。」

「我想姑且給這位『會去做的男人』一個忠告……最好不要讓對手有時間避難喔。」

「什麼！」

他連忙往前衝，但蕾切爾已經躲到堆積的木箱後方舉好弩弓了。換言之，她固守在比只有一面盾牌的自軍更為堅固的陣地裡。

「為什麼要給對方時間逃走？」

「不，可是也不能突然發射吧……」

「至少也該說句『別動！』吧！」

「啊，對喔。」

艾略特因為手下的無能而怒不可遏。蕾切爾提出忠告：

「這是因為你們沒有澈底擬好計畫細節……如果不設法改改這種粗心又少根筋的地方，日後會更加慘烈喔，畢竟已經火燒屁股了。」

即使被包圍仍強詞奪理的蕾切爾，令艾略特與其說是憎恨，不如說深感欽佩。這是誤以為自己處於有利立場時，因為籠罩在無所不能的優越感中而瞧不起人的心態。

「哦……即使被我們給包圍，妳現在還能這麼伶牙利齒，真了不起。哈哈哈，我會記住妳這份氣魄的。雖說火燒屁股的人應該是妳才對。」

「不，是殿下喔。」

「哼，真是個只會出一張嘴的傢伙……嗯？」

艾略特一邊這麼說，突然感覺到自己臀部的不對勁。

他回頭一看，只見褲子上的臀部一帶燒了起來。

「啊？」

他繼續往下看……只見蕾切爾的寵物死猴子，不知何時繞到自己腳邊，用火柴點燃艾略特的臀部。一旦釐清了情況，臀部就突然開始發燙……

「唔哦啊——！好燙燙燙燙燙燙燙！」

侍從全都愣在那兒，看著艾略特在地板上打滾。終於發現發生了什麼情況後，其他人也協助滅火，因此艾略特除了褲子燒起來外，頂多就只有內褲焦掉而已；至於臀部的情況，就得明天讓御醫檢查才知道情況了。

「妳……妳的寵物竟然突然做出這種事來！」

「殿下『物理上』地火燒屁股，可說是跟現況雙關的漂亮玩笑，不是嗎？」

「太地獄了，誰笑得出來啊！我還以為自己死定了！」

「接下來打算殺了我的人，還在說什麼溫吞的話……」

蕾切爾與回到自己身旁的猴子面面相覷後，一起聳了聳肩。

「難得請海利開了個很有哏的玩笑……真是不懂幽默的人呢。」

「吱吱——」

「殺！先殺了那隻死猴子！」

當弩弓部隊在艾略特的指示下搖搖晃晃地改變瞄準目標時，海利早已跑上木箱，從換氣窗逃往外頭了。

褲子的臀部一帶開了個洞，模樣愚蠢的艾略特肩膀顫抖著發出變調的笑聲。

「呵……呵呵呵呵……蕾切爾，妳是故意惹毛我的吧！」

「無法理解海利使出渾身解數的搞笑，我才想生氣呢。」

「開什麼玩笑！」

情緒激動的艾略特命令馬屁精們擺好架勢，蕾切爾也揚起弩弓的箭尖。

然後，在艾略特正準備下達射擊命令時……最靠近門邊的子爵家公子發出膽戰心驚的聲音。

「那……那個……」

「什麼事！」

艾略特的怒吼聲令他縮了縮頸子，但他還是認為應該報告而指向通往外面的門。

「那個……外面從剛才開始就相當吵鬧，是不是有別人在……」

「什麼？……去看一下！」

「啊……是！」

子爵家的次子連忙衝上階梯，再以同樣的氣勢衝下來。

「殿……殿下！猴子……猴子在外面誇張地施放鞭炮！」

「……啊？」

艾略特聽不懂他在說什麼。

子爵家少爺重複說道：

「蕾切爾小姐的猴子，從剛才開始就一直在誇張地施放沖天炮！」

伯爵家的浪蕩子在艾略特身後呆愣地喃喃自語：

「這麼說來，那傢伙剛才是自己打火柴的啊……」

緊接著，所有人都了解了猴子動作的意義。

「所有人都放下武器！」

騎士團湧入了地牢，值班騎士們全副武裝地衝了進來。

「怎……怎麼回事？」

艾略特大喊，小隊長神情嚴峻地回應：

「那是下官要問的臺詞，請問這究竟是怎麼一回事？」

艾略特們已經被比自己多上數倍的士兵包圍，被迫解除了武裝。

「這……這是機密事項！沒必要告訴毫無關係的你們！」

「是這樣嗎？」

艾略特盛氣凌人地怒吼，騎士首領就乾脆地往後退，接著向部下大喊：

「調查他們手上的武器！」

「什麼？」

「我們剛才發現原本收藏在倉庫，拿出來晾曬的武器不見了。在連忙動員人手搜索時，就發生了這起騷動。」

其中一名士兵大喊：

「每一樣都是認得的武器，是失竊品！」

「知道了，把這些傢伙帶回騎士團值勤室！回去那裡仔細詰問他們為何要偷武器吧。」

「噫噫噫噫噫！」

在艾略特愣在原地的期間，馬屁精們已經無一倖免地被繩子綁住拖走了。

「……什……」

艾略特吃驚得張口結舌，騎士隊長向他宣布：

「殿下，之後將會請您以關係人身分配合調查，可以吧？」

「……我知道了。不過！」

艾略特指向固守在牢裡的蕾切爾。

「這傢伙明明身為囚犯，卻持有武器喔！」

隊長看向蕾切爾。

「殿下，千金小姐為什麼會持有武器？」

「為什麼？怎麼是問我？」

騎士以確實不信任他的眼神開口：

「就下官所知，這位千金小姐可是在晚宴上突然遭到逮捕並關入監獄喔。」

「是啊，沒錯。」

「那麼，她為什麼會持有武器？是將弩弓藏在裙底隨身攜帶嗎？」

「什……那是……」

一針見血。

「不……她是在牢裡準備的。」

隊長的視線變得更加嚴峻。

「牢裡？明明是在晚宴上突然被逮捕？理應連件替換衣物都沒有的千金小姐？」

「不，你看啊！她不是帶了很多東西進去嗎！」

騎士即使看了牢裡，態度也沒有改變。

「畢竟是達官顯貴專用的牢房，有些家具也是正常的。您總不會告訴我牢房裡的壁飾還包括弩弓吧？」

「你……你這傢伙……！」

值班小隊長擱下無法回答的艾略特，轉而詢問蕾切爾。

「這位小姐，您手上為何會持有弩弓？」

他這麼詢問，蕾切爾就顫抖著開口：

「殿……殿下……突然闖了進來，說要在陛下回來之前解決我……他們圍住四周後，嘲笑著說『如果毫無理由地殺了我，聽起來有失體面』，於是就把這把弩弓扔給了我……我也不能容許自己默默地被殺，所以想說即使只是形式上的抵抗也好……」

蕾切爾嗚嗚地啜泣。

「殿下……看來還得請教您另一件事啊。」

騎士看著自己國家王子的眼神，已經完全像是在看待罪犯一樣。艾略特十分慌張。

「等……等等！那是這傢伙的私人物品喔！那是她自己帶進來的！」

「關於這點，下官剛才應該已經詢問過了，晴天霹靂地入獄的千金小姐，到底為什麼會持有弩弓？這點您還沒有給下官一個令人信服的說法。」

對喔。

艾略特進退維谷，煞費心思想著該如何說明時……回想起當時的情況而靈光一閃。

「對了！在把這傢伙關進牢裡的當晚，值班騎士都有看見她從自己的行李裡取出弩弓的模樣！只要去問他們就知道了！」

「您是指三個月前的時候嗎？騎士團的配置方式是輪流的，當時值班的騎士在兩個月前就已經被派往前線，還要再四個月才會回來。」

「怎麼會？」

艾略特其實忘了自己的叔公與宰相都看過蕾切爾使用弩弓的情形。

……無論如何，與蕾切爾串通一氣的小隊長，不可能接納艾略特的意見。

「總……總之，這傢伙手上持有武器是個問題吧？」

艾略特迫不得已地這麼說後，小隊長再次轉向蕾切爾。

「那麼這位小姐，我已經排除外頭這夥人了，您能把那武器交給我嗎？」

「好的。」

「什麼？」

艾略特瞠目結舌……蕾切爾竟然當著他的面將折磨他許久的那把弩弓輕易交了出去。

「那麼殿下，下官認為您不至於會逃跑，就在值勤室等候您了。」

「我知道！」

小隊長在以看似誠懇實則蔑視的態度提醒後，就率領值班騎士們就此撤退。

「可惡，那個混帳……」

儘管艾略特對騎士不把自己當王子看待的態度感到火大……但他仍感覺到機會降臨。

如果是現在，就能從蕾切爾身後刺殺她……

艾略特身上仍持有自己的佩劍。蕾切爾因為排除了他的馬屁精們而鬆懈大意，只要把佩劍出其不意地扔出，或許能對要害造成致命傷。

「好……」

正當艾略特朝著背對自己的蕾切爾，手握住佩劍劍柄準備拔劍時……

「嘿咻。」

蕾切爾從附近的木箱裡取出一把弩弓。

「……啊？」

蕾切爾迅速地綁好弓弦，並架上弓箭。

「準備完成。」

「妳……妳這傢伙……還有另一把嗎！」

「殿下……」

蕾切爾傻眼地搖搖頭。

「為了預防故障，準備好備用品可是鐵則喔。」

「誰管他啊！」

那種彷彿傭兵老手的臺詞是怎樣？

「那麼，稍微談談吧。」

相對於蕾切爾的遠程武器，艾略特的佩劍攻擊距離不足，而且只要扔出去就沒有第二發了。

艾略特突然轉為劣勢。

「不過，要跟您談的人並不是我就是了。」

艾略特一點一點地後退，蕾切爾卻放下原本指著他的弩弓。

「？」

當艾略特搞不清楚她放下武器的意圖而疑神疑鬼時……後方的門開啟，有一個人走下階梯的腳步聲傳來。

「歡迎光臨。不好意思，妳剛去度蜜月還找妳過來。」

「不，沒關係，我正好也有事找他。」

令人難以置信的聲音從艾略特的身後響起，回應蕾切爾親暱的招呼。

「……該……不會……？」

艾略特如同生鏽的門一般，以彷彿會發出嘎吱聲響的動作轉過頭去一看。

「嗨，殿下，好久不見。」

將黑髮綁成馬尾的少女就站在那裡。

「……為什麼瑪蒂娜會在這裡……？」

她不是帶著賽克斯一起出發前往邊境了嗎？

「我有事想請問殿下，所以回來了。」

擴張的瞳孔裡蘊含著瘋狂，元祖危險少女揚起微笑。

「關於這套《殿下盯上我》書裡寫的內容……寫到殿下強行『吃了』不情不願的賽克斯，

這是真的嗎？」

「咦？不，那是……什麼書？」

「我問了賽克斯，結果無論怎麼做他都說不知道，而且撒謊說書裡的內容都不是真的。於是我火大起來執拗地逼問，賽克斯就住院了……所以我才會來問殿下。」

蕾切爾以開朗的聲音提醒她。

「瑪蒂娜，妳想詢問殿下是可以……不過拷問時不能針對別人看得見的部位喔。」

「我明白，我會讓他『看起來』四肢健全地回去的。」

瑪蒂娜拿出不知道從哪裡扭下的桌腳，「啪啪」地拍著自己的手掌。

「那麼殿下……時間有限，還請您迅速回答喔。」

直到黎明前，男人的哀號聲都在後院裡迴盪。

43 【某對新婚夫妻的對話】

這是國王夫妻回到王都前稍早發生的事情。

在艾略特王子受到瑪蒂娜名為「盤問」的拷問的四天前，在邊境城寨發生了作為前一階段的夫妻輕微爭執……

⚜

為了在守備國界的城寨裡提防敵人襲擊，駐紮士兵基本上都會住在城寨的宿舍裡。

儘管東方國境並非那麼具緊張感的前線，但在遠離城市的城寨裡，即使想在城寨外頭有房了，這裡也全是荒地，不是適宜居住的環境。因此，新婚燕爾的阿比蓋爾夫妻，也只能以連棟長屋的其中一間作為新家。

剛結婚的丈夫賽克斯．阿比蓋爾看著心情愉悅地將料理端上餐桌的瑪蒂娜．阿比蓋爾，不禁感到目炫。

自己絕對不是在提心吊膽地看著她……他自認如此。

「怎麼，妳今天心情似乎非常愉快啊。發生了什麼好事嗎？」

賽克斯這麼問，瑪蒂娜就忸忸怩怩地抬眼看向自己最心愛的丈夫。

「嗯？並不是有什麼好事啦……只是想讓賽克斯吃點好料而已。」

「是嗎？」

雖然面帶微笑地應答，瑪蒂娜的言行舉止仍讓賽克斯感到不對勁。

雖然她說好料……不過城寨裡的餐點並非在自家烹調，而是委託伙食班配給的。因此這並不是瑪蒂娜親手製作的料理。

菜色也是常見的培根馬鈴薯、燉煮葉菜……沒有特別豪華。

有點奇怪。

賽克斯的第六感（瑪蒂娜限定）開始響起警報。

他並不記得自己最近做過什麼。

如果偷看其他女人，應該會當場遭到責罰；而且城寨裡的士兵也無法聽他講瑪蒂娜的壞話，自己也沒有特別拒絕什麼要求；直到昨晚就寢為止，應該也沒有任何異常才對。

總之，吃完飯後就去司令部一趟，請對方讓自己加入遠程偵察吧。然後再請幾個能感受瑪蒂娜心情的戰友，在自己不在的期間聽聽她抱怨……正當賽克斯在腦中擬定接下來的行程安排時，瑪蒂娜笑容滿面地詢問：

「欸，好吃嗎？」

「啊？嗯，很好吃喔。今天的菜有什麼特別的嗎？」

「嗯。」

瑪蒂娜一邊放下空鍋，動作自然地繞到賽克斯身後……輕輕把手放到肩膀上，靠近他的臉頰。

「因為……根據答案，這很有可能是你最後的晚餐喔。」

賽克斯一蹬地板，原本打算衝到屋外，但瑪蒂娜放在他肩膀上的手加重力道，將動作完全封死了。

「你怎麼了……賽克斯～？」

「什麼怎麼了！聽見殺人預告，哪有人會不逃的？」

賽克斯格格發抖，寒冷的空氣開始從他的後腦杓流到背肌。

……不，現在的氣溫要說的話甚至是炎熱。賽克斯會感覺到涼爽……是因為他本能地感受到了逼近的嚴寒殺氣。

「我……我最近……應該沒有做什麼惹妳不高興的事情吧？」

「嗯，賽克斯是個好孩子，我很高興……如果可以，希望過去也是。」

「以前的事已經無法挽回了吧！」

她拿著某本書輕拍賽克斯的臉頰。

「我今天早上打掃時……發現了這個。」

賽克斯以顫抖的手越過肩膀接下的那本書是……《殿下盯上我》！

「為什麼？這本書我應該在打包時扔掉了啊！」

他不該下意識這麼喊的。

背後感覺到的寒氣一口氣提昇。

「你果然認得這本書啊……」

「瑪……瑪蒂娜……」

摯愛的新婚妻子（瑪蒂娜）以甜美的聲音，伴隨著令人難以回頭的壓迫感開口：

「我真是大意……雖然察覺了向你求愛的母豬們，卻沒想到你連男人都有興趣……」

「不，沒有！我對男人完全沒有戀愛情感！」

「不過，一開始或許只是被迫的……但是在殿下的調教下變得這麼愉悅……我、可、是、會、嫉、妒、的、喔。」

賽克斯擠盡渾身勇氣與力量，轉向瑪蒂娜。

「等等，瑪蒂娜！這是真的，我真的對男人不感興趣！而且，這是某人所寫的創作……

我跟艾略特殿下之間從來沒發生過這種事。」

「哦？」

瑪蒂娜露出爽朗的微笑。

「那麼，真相是如何？」

「我說的是真的！這是某人擅自亂寫的小說！艾略特殿下也只對瑪格麗特神魂顛倒啊！殿下對我也不感興趣啦！」

「……瑪格麗特？」

「啊……」

……瑪蒂娜定格的笑容相當可怕。

「欸，賽克斯。我也很嫉妒瑪格麗特喔。」

「咦？不，我跟瑪格麗特之間真的什麼也沒有啦……」

「不是喔～我嫉妒的原因是……」

瑪蒂娜原本覆住賽克斯的手，開始如老虎鉗般使力按壓。

「賽克斯竟然為了記住那種母豬混帳的名字，挪用了你貧乏的記憶容量喔。」

「這也太強人所難啦！好痛，快住手！」

「欸，賽克斯～……既然有那樣的容量，就用我的名字填滿嘛～」

「我知道，我知道了！我會努力！我會超級努力的！」

「嗯，拜託嘍。」
瑪蒂娜微笑著……但她的手擰住賽克斯的力量依然沒有放鬆。
「……瑪蒂娜？」
「那麼回到正題。欸，殿下很猛嗎？」
瑪蒂娜毫無動搖。
「就說了，那本書是騙人的！那不是事實！相信我啦！」
「當然！我當然相信賽克斯！那麼，真相是如何？」
「妳根本完全不相信我嘛！」
「賽克斯是屬於我的……即使對象是殿下，我也不打算讓給他喔。」
「就說了，我並沒有變成殿下的啦！」
「那麼，賽克斯手上為什麼會有這本書？」
瑪蒂娜的手暫時從賽克斯身上拿開後，面帶微笑，將那厚重的精裝書撕成兩半。
「欸，賽克斯～～……殿下有那麼可愛，讓你想把愛的回憶留在手邊嗎？」
瑪蒂娜將撕成兩半的書疊在一起……並將厚度變成兩倍的書「殿、我」兩個字的位置開始撕扯粉碎。這種不屬於人類力量的怪力，令賽克斯完全面無血色。
「不是啦！那只是我碰巧買來看看的，但我並不知道會是那種內容！」
「哦……你們明明如此熱情相愛？」

「就說了，那並不是現實……相信我啦……」

賽克斯跪在地上渾身顫抖地求饒，瑪蒂娜則沉默不語地看著他好一會兒。

不久，她也跪了下來，溫柔地握住賽克斯的雙手。

「嗯，我知道。」

「瑪蒂娜……！」

「在得到確切證據為止，我會問問你的身體的。」

「根本就不相信我嘛——！」

⚜

臉頰抽搐的幕僚陸續前往位於城寨中央的司令部上班。

位於官舍區的阿比蓋爾家附近的房間接二連三提報了不幸的憾事。

「怎麼，這次又發生了什麼事？」

「不清楚！請當事人回報……」

「你認為辦得到嗎？」

就在眾人的討論以「總之先讓附近住戶避難」作結時，當事人露面了。

瑪蒂娜帶著燦爛的笑容，將丈夫送到醫務室來。

醫官提心吊膽地詢問瑪蒂娜。

「今……今天是怎麼了，一大早就……」

黑髮少女嘿嘿地笑了。

「欸嘿嘿，賽克斯的睡相太差了……」

即使不診療也明白，被瑪蒂娜帶過來，遍體鱗傷的賽克斯的傷勢，並不是摔下床這點小事能造成的。

不過，醫官並未深入追究。

「這樣啊……那麼能幫我把他放到那張床上嗎？」

「好～」

倘若珍惜性命，就不能詢問多餘的內容，畢竟瑪蒂娜仍處於邪神模式。證據就是……

「嘿咻……賽克斯，你要在醫務室裡當個乖孩子喔。」

瑪蒂娜靜靜地把「抱在懷裡」的塞克斯放到床上。

……瑪蒂娜是以「公主抱」的方式，把體格遠比自己壯碩的賽克斯送過來的。

倘若診斷結果是遭到施暴而造成的外傷，自己也有可能會被瑪蒂娜「說服」……因恐懼而臉色發青的醫官什麼理由也沒說，就命令賽克斯要絕對安靜一個月，並在他床前掛上了「謝絕會面」的牌子。

⚜

「接下來……」

瑪蒂娜一邊把手指扳得喀喀作響，一邊轉向司令官。

「將軍，不好意思，我想請個假前往王都。賽克斯就拜託您了。」

東方軍團司令官不由得皺起臉。她會申請休假，絕對不是出於正當理由。

「……妳到底有什麼事？不是上週才帶著阿比蓋爾一起回來嗎？」

「是的，沒錯。」

瑪蒂娜面帶燦爛笑容，把已經化為紙屑的書緊緊握住，作成紙丸子。

「我有件事想去跟『另一名當事人』確認。」

⚜

日後聽說了在王都發生的事件後，將軍對於自己並未確實質問理由一事感到後悔。

不過……

同時也明白，自己等人實際上絕對阻止不了她，於是決定不再介意這件事。

44【國王定罪】

國王夫妻終於回到了王宮。

留守在宮殿裡的文武百官全都歡呼著出來迎接被禁衛軍隊伍夾道守護，靜靜地前進的馬車。

「哈哈哈，還真是受歡迎啊。」

欣喜地歡迎國君歸來的朝臣們熱情的聲音令國王也笑容滿面。雖說是慣例的迎接隊列，但如此受歡迎的話，甚至會令他認為自己非常受到愛戴。

王妃也露出微笑。

「是因為這次實在離開太久了，他們才確切感受到陛下的存在有多重要吧。」

「然後再過一週，他們應該就會說出『陛下待在這裡果然會令人感到沉悶』吧。」

「哎呀，陛下真是的，怎麼能胡亂質疑臣子的忠誠心呢？」

「哈哈哈哈哈哈。」

從緩慢前進的車窗往外看去，可以看見官員與武官陸續跑來，準備迎接國王的馬車。夾道歡迎的朝臣們看起來是由衷感到高興。

……看起來高興得過頭了。

「……王妃啊，妳不覺得模樣不太對勁嗎？」

「……確實有這種感覺。」

出來迎接的人們該說揮手揮得過於用力嗎……與其說是普通地迎接兩人出差回來，更像是在觀賞凱旋遊行似的……不，正確來說，更像是陷入令人絕望的圍城戰時，看見前來馳援的援軍一般……

「難不成……因為艾略特的騷動……」

「……等回房裡安頓下來後再確認情況吧。」

在莫名感到尷尬的心情下，隊伍在狂熱的歡迎人群中前進。

⚜

侍從通知雙親歸來的消息後，艾略特王子斂起神色。

「父王與母后終於回來了嗎……好！事到如今，只能誠心誠意地傾訴蕾切爾的殘忍無道了！」

這對於昨晚因為對關鍵的反派千金感到厭煩，而試圖暗殺她的男人而言，可說是難以想像的決心。

「事不宜遲，一小時後，陛下將在謁見小廳裡裁決關於前些日子的毀婚事件。」

「嗯，我直接過去。」

「是……是不是推您一把比較好？」

「好，拜託了！」

侍從推著艾略特坐的輪椅，離開了辦公室。

蘇菲亞通報國王夫妻與雙親歸來的消息後，蕾切爾放下正在閱讀的書，輕輕伸了懶腰。

「這樣啊……他們明明可以慢慢來也無所謂的。」

蕾切爾的臉上寫著「真麻煩」。

「但我認為缺席審判並不適當。」

「說得也是……沒有辦法。」

她姑且將家居服換成了散步用服裝。

「……以謁見陛下來說，服裝會不會太過輕便？」

蘇菲亞指謫，蕾切爾哼了兩聲。

「我可是在坐牢，穿上正式的禮服才奇怪。只要能見人程度的服裝就夠了。」

「真正的想法是？」

「要是穿著正裝，在被人傳喚之前不就無法睡回籠覺了嗎？」

蕾切爾一邊再度鑽進被窩，一邊回答。

⚜

三個月前發生的艾略特毀婚事件的相關人士，此刻全聚集在作為拜會或非官方對談時使用的小廳裡。

除了國王夫妻之外，還有蕾切爾、艾略特與瑪格麗特，另外還有宰相、親王、騎士團長與大臣等主要的閣員等級之人，最後是佛格森公爵夫妻。

以上。

「……只有這樣？」

出席成員出乎意料地少，令艾略特露出被潑了盆冷水的表情。

瑪格麗特則被堵住嘴，用草席捲起躺在地上，完全保持沉默。

蕾切爾在觀察了國王的神情與聚集於此的人物後，已經大致察覺了他的意圖。

「嗯，畢竟不是要做正式審判啊。」

國王落落大方地頷首。

「接下來……」

端坐在王座上的國王環顧全體人員的臉。

「自從在前些日子的宴會上發生了艾略特毀婚事件起，情況就持續混亂到現在，因此朕想在此讓事件告一段落。」

在場重臣異口同聲地表示贊成，親王更是露出鬆了口氣的表情。

在這等待已久的瞬間，艾略特趁勢開第一槍。

「那麼父王，請先讓我說明決定毀婚的事由……！」

「啊，那種事無關緊要。」

他原本打算開第一槍，卻被潑了一盆冷水。

「……啊？您說什麼？」

面對兒子的詢問，國王手撐著臉頰重複一樣的話。

「朕是說，那種事無關緊要。」

「不……咦？您說無關緊要……但現在不就是為了討論這件事才聚集在這裡嗎？」

「沒有什麼需要討論的，朕早就已經確認過事實真相了。」

國王瞥了兒子一眼，歪起嘴角。

「你以為朕只是在悠閒地泡溫泉嗎？」

這是事實。

「朕在做溫泉療養，治療腸胃的期間，也同時在收集情報進行分析。」

由部下進行。

「朕現在會把你們聚集於此……」

國王調整坐姿，蹺起另一隻腳。

「是為了私下宣布有關朕的繼承人一事的決定。」

艾略特一瞬間愣住，接著連忙探出身子。

「請……請等一下，父王！您不是說關於王子毀婚及相關經過無關緊要嗎……？」

「正確來說，是因為已經過了三個月而無關緊要吧。」

國王定睛看著艾略特。

「關於你們的愚蠢騷動，其實朕早在發生當下的兩週內就調查過了，也輕而易舉地就向除了你們以外的相關人士確認事實真相並取得了證言。蕾切爾小姐霸凌一事並非事實，既然沒有這個前提，你做的毀婚與之後的應對都是不正當的。」

「怎麼會……？不是那樣，因為……！」

「哎，你先聽好！調查到這裡時，佛格森也前來與進行溫泉治療的我們會合，並開始商量善後對策。而在商討該如何避免事情鬧大的情況下收場的期間……事情就演變得一發不可收拾了。」

接收到國王的目光，侍從們推著文件堆積如山的推車走了出來。

「艾略特，左邊的山是政廳、閣員、各部署送來給朕的報告書；右邊則是朕暗地派出的人士所提出的，關於情報收集的報告書；此外，中央那座比其他兩疊高出一倍的山，則是蕾切爾小姐親自派人送給父親的現況報告書。這可是能讓遠離王都的公爵都能宛如置身現場般，澈底掌握狀況的優秀報告喔。」

國王以嚴厲的眼神盯著艾略特看。

「那麼，你的報告書在哪裡？」

「……！」

針對國王的問題，艾略特並沒有答案。

「基本上當朕外出時，政廳會將聯絡及詢問事項送給朕，所以關於日常生活中的瑣碎問題，你不需要親自向朕確認。不過……現在可是要廢除未來會被立為王妃的未婚妻，這對你來說也是很大的事件吧？這種時候，你不是應該第一個通知朕，並說明自己的立場嗎？」

「這……這是……」

艾略特吞了吞口水……擠出了稍微思索後的答案。

「……我原本打算之後一起提交的。」

「少說那種像是把作業累積到最後的小孩會說的話。」

國王拿起第四名侍從用托盤捧上來的文件。

「這是從各項報告書中摘錄，整理了從毀婚之後，你和你的手下所引發的各種事件與影響。由於數量過多，單是要整理摘錄就費了一番工夫喔。」

由部下整理。

「只要看過這份文件就知道你讓政務荒廢到什麼程度。為了找蕾切爾小姐的碴做準備，執行時耗費了資源，接著遭反擊而受害，導致更無法工作——然後就是這樣一再循環。」

「那是蕾切爾她……！」

「蕾切爾小姐幾乎都只是當場反擊。即使她有所企圖時，也只是下達指示，自己則是看書、睡午覺、從事興趣……這是怎樣，真令人羨慕……看來並沒為了你下苦心啊。」

不過，即使是國王，似乎也沒掌握到蕾切爾還花時間撰寫ＢＬ小說的事。

「你不僅只把心思放在蕾切爾小姐身上而不認真工作，還給宮裡的人造成極大的困擾。比起讓蕾切爾小姐宣布放棄，你在毀婚後應該還有其他該做的事吧？」

國王盯著艾略特的視線愈發嚴厲。

「從來自各部署的報告可以得知，你既沒有處理國政的能力，判斷優先順序的能力也不足。你知道在這三個月之間，因為你所做出的騷動，給王宮裡的人添了多少麻煩嗎？朝臣與貴族們對你的信任程度可說已經歸零了。」

國王翻閱手邊的文件。

「好幾次在夜裡吵鬧，令王宮裡的人深受噪音所擾；受到造成汙染的反擊而害清掃人員付出諸多勞力；擅自使喚騎士團，對他們的輪值班表造成負擔，甚至還引起伊凡斯小姐失控，導致多人負傷及許多設備損壞；此外，別說是來自佛格森家的申訴了，甚至還從與公爵家對抗的各家送來眾多譴責你行為的強烈抗議信……你處於連政策都還無法決定的立場，還與所有的貴族派系為敵，到底要怎麼做才辦得到這種事？」

只要試圖中止脫衣秀就能辦到了。

「老實說，朕沒想到你無能到這種地步……當初正是為了彌補你不足的地方才會選擇蕾切爾小姐，沒想到你不僅不請她協助，還因為個人好惡將她排除。如果你繼承的只是伯爵爵位，倒還可以優先與喜歡的女性結婚。不過，身為國王不允許這種奢求。」

「父……父王……」

艾略特將視線移向一旁。

「那麼，母后呢……」

「不准插嘴！」

「不，我只是單純地感到疑惑。難不成父王對母后……」

「不准切換話題！」

「這句話我原封不動地奉還！」

國王在強行打斷艾略特的提問後，從王座上站了起來。

「朕的兒子若要作為立於頂點的存在，都留有令人不安的因素。就這點來說，在考慮到下一代的治世時，絕不能將性格有些缺陷但執行（規格）能力優秀的蕾切爾小姐排除在外。」

「誰性格有缺陷了？」

「因此！」

「喂喂，我在問您呢。」

「既然艾略特不願意取蕾切爾為妻，就只好立次子雷蒙德為王太子了。」

「喂——喂——」

「怎麼這樣，父王！」

「父子倆請別一起無視於我——」

「這已經是決定事項了！」

「王冠上的紅寶石真漂亮啊～把它摘下來帶回去好了～」

「千萬別這麼做！」

安撫了蕾切爾後，國王拍了拍手。

「雷蒙德！進來！」

國王的聲音令與會者一齊看向門口，回應他的呼喚，第二王子……沒有走進來。

「？」

在門邊感受到眾人視線，坐立難安的警衛騎士走到走廊上環顧周遭。

「呃，殿下不在外面……」

「我明明有找他過來！雷蒙德上哪兒去了……唉，真是的，兄弟倆都這樣……」

「父王，我在您身旁喔。」

「嗚哇，嚇我一跳！」

仔細一看，有個看起來像年幼一點的艾略特的少年，就站在王座附近。

「你……你是什麼時候進來的？」

「我從一開始就在這裡了。」

眾人仔細回想後……

「啊，好像真的在……」

「這麼說來，他的確從一開始就在那裡的樣子……」

「大家對我的感覺都一樣呢……」

為自己的毫無存在感所苦的第二王子初次登場。

「我其實每次人都在會場裡啊……」

看來並不是初次登場。

不愧是小型版的艾略特，雷蒙德也是一個長相漂亮的金髮少年。

《殿下盯上我》的新作，稍微轉向正太路線應該也不錯——蕾切爾心想。

「沒想到王室竟然埋藏了這種伏兵……！」

蕾切爾感到欽佩，但雷蒙德卻一臉失望地回應她：

「並沒有藏，我在舉辦活動時總是站在王兄身旁……不過蕾切爾姊姊，看您的表情，似乎是不記得我啊……」

「不好意思，不只是不記得長相，我甚至連您的存在也沒印象。」

「竟然敢堂而皇之地對應該謹言慎行的對象暢所欲言，我覺得姊姊真是太厲害了。」

國王為了彌補自己的威嚴而清了清喉嚨，詢問內建隱身術的次子。

「雷蒙德，你有意願娶蕾切爾小姐為妻，並繼承王位嗎？」

十四歲的青春期少年立刻回應：

「是，當然有！」

少年雙眼閃閃發亮，抬頭挺胸。

「我原本認為因為有王兄在，輪不到自己登場……不過既然是這樣的情況，我很樂意成為王太子！」

艾略特愕然地看著弟弟。

「雷蒙德，原來你也盯上了王位嗎！……我原本以為你只有沒存在感這項長處……」

「王兄，沒存在感並不是長處。」

雷蒙德把手放在胸前。

「老實說，王位對我而言比明天的天氣還無關緊要……不過如果能與我憧憬的蕾切爾姊姊結婚，就算附帶我不需要的地位，我也會忍耐的！」

「明明就是附帶條件比較重要！」

次子的驚人發言令國王不由得吐槽……

「你竟然想跟那種人結婚？會看見地獄的喔！」

卻被艾略特緊接著的吶喊蓋了過去。

雷蒙德對兄長的忠告無動於衷，露出作了美夢般的微笑。

「由於我太沒存在感，就連應該隨侍在側的女僕都忘了下午茶的時間，我再怎麼叫都會被無視……結果導致我只要被漂亮大姊姊冷落，就會興奮得渾身顫抖！蕾切爾姊姊長得漂亮，胸部很大，個性冷酷，而且胸部很大……豈不是太棒了嗎！我一直很想試試被她無視的感覺。結果她竟然完全忘了我這個人的存在……啊！她真是太棒了！」

「雷蒙德，振作一點！那不叫冷酷，只是對別人不感興趣罷了！說起來，可別把粗心大意的女僕跟惡魔般的蕾切爾相提並論啊！可別因為舔了梅酒覺得沒問題，就以為自己可以用大酒杯來喝濃度高得可以點燃火焰的蒸餾酒啊！」

「王兄，您別擔心！」

雷蒙德自信滿滿地敲了單薄的胸膛。

「別看我這樣，我可是被家庭教師評價為『自認能夠舉一反三的男人』喔！」

「哥哥最擔心的就是你這種地方啊！」

國王悄聲對身旁的王妃說：

「欸，事到如今才這麼說……不過看來無論立誰為王太子，未來都沒有指望啊。」

「這句話才真的是說得晚了。」

王妃用扇子掩住嘴邊回答：

「正因為如此，才會選擇蕾切爾小姐，不是嗎？」

國王拍拍手，讓眾人的注意力集中過來。

「那麼各位，朕在此宣布事後追認蕾切爾小姐與艾略特的婚約解除一事，改由次子雷蒙德成為蕾切爾小姐的未婚夫；同時正式決定立雷蒙德為王太子……艾略特降為臣子身分，授予利夫連伯爵爵位！」

「那是……？」

艾略特呻吟。

國王答應授予他的爵位，雖是王族代代相傳，歷史悠久的頭銜……然而領地卻是空有歷史上重要地位，卻狹窄也不豐碩，財力搞不好比豐饒地區的男爵還差的地區。老實說，並非單獨授予的爵位……而是隨附在親王等頭銜之下的附屬爵位，或代替隱居王族的養老金般的身分。

「父王！您這意思簡直像是要我隱居嘛！」

「不是『像是』，就是這個意思，蠢貨！在政壇飲恨下野的人，不可能留給他足以起兵造反的力量。你明明因為犯了眾所周知的失態而遭到廢嫡，名義上卻還是擁有王族身分的待遇，你應該感到慶幸了。」

「可是！」

「那麼……」

國王朝出言抗議的艾略特探出身子。

「你有辦法討蕾切爾小姐的歡心，讓她同意跟你結婚嗎？你不僅毀婚，一再找碴，昨晚甚至還試圖暗殺她，結果輕而易舉地就被她摺倒了嘛。你已經讓天秤朝負面印象大大偏移了，要重新獲得蕾切爾小姐的正面評價是相當困難的，你應該明白吧？」

「咕嗚！」

對艾略特來說，單是要拋棄瑪格麗特，重新選擇蕾切爾這點本身，就心理上而言就已經是不可能的事了……

「還有，艾略特，你似乎已經忘了……」

國王對說不出話來的艾略特解放了封印至今的黑歷史。

「你孩提時代，在園遊會上因為芝麻綠豆大的事而跟某人起爭執，你扔了對方石頭，結果對方回敬你蜂窩，那就是蕾切爾小姐。正是她專守防衛的態度、殘酷的報復手段被王妃看上，才會以『讓兒子成為瑕疵品』一事逼迫公爵負起責任，硬是與她訂了婚約。」

「……難不成，用棍棒痛毆堂兄弟格羅夫納伯爵的人也是……」

「是蕾切爾小姐。」

「……而且搞不好，當我在池子裡溺水時，邊笑邊朝我扔石頭的人也是……」

「那是殿下的被害妄想，我並沒有笑。我當時只是想趕快結束無聊的工作，去吃點心罷了。」

「竟然說殺我是件無聊的工作！」

「哎呀，真失禮，我並不是以殺人為樂的那種人喔。所以雖然想迅速處理掉殿下後去吃外燴，但您卻遲遲不沉下去，讓我很傷腦筋……真是的，如果沒吃到數量限定的櫻桃起司蛋糕，您要怎麼賠我？」

「妳心中的事情重要度排序不對勁吧！」

「我可不想被分不清工作優先順序的殿下這麼說。」

蕾切爾一臉若無其事地反駁艾略特，這時國王詢問他：

「那麼，怎麼樣？你要乖乖地隱居，還是再次挑戰蕾切爾小姐？」

「……我……不……在下……」

遙遠往昔的悽慘記憶與這三個月的操勞在艾略特腦中復甦。

艾略特想從輪椅上起身卻往前摔倒，維持趴倒在地的姿勢苦惱後……

「……謹接受利夫連伯爵之位……」

屈服了。

「那麼，艾略特的事就決定以這種方式處理……」

國王把視線轉向瑪格麗特。男爵千金就像毛毛蟲一樣，在地板上蠕動。她剛才突擊了國王夫妻的馬車，打算直接上訴艾略特的正當性，於是被捆捲綁了起來。即使如此，她還是拚命叫喊，才會被堵上嘴，變成這副模樣。

接收到國王的暗號，站在瑪格麗特身後的侍從拆下摀嘴布。

「噗呼！喂，國王陛下，哪有這樣的啦！再怎麼說……」

「妳如果不閉嘴，朕就讓妳咬馬銜喔。」

「我會安靜的。」

由於直到剛才都還在瘋狂彈跳的千金小姐終於安靜了下來，國王提出了幾個問題。

「那麼，波瓦森男爵千金，妳認為身為王子需要具備的條件……是什麼？」

被包成壽司捲倒在地上的雙馬尾少女（瑪格麗特）歪了歪頭。

「呃～……長相？」

「……還有呢？」

「嗯～……錢？」

「……其他的呢？」

「還要問？嗯嗯～……啊，愛馬最好是白馬。」

國王的視線回到眾人身上。

「如各位所見，由於這名女孩有相當程度是以庶民身分成長，缺乏貴族的素養。」

「聽起來應該還有更基本的問題啊……」

國王無視於宰相的疑問，猛然指向瑪格麗特。

「妳身為引起這起騷動的人，朕不能放任妳繼續這樣下去。因此決定讓妳無限期地待在有力貴族家學習禮儀。」

「唔咦？只要這樣就行了嗎？」

瑪格麗特感到驚訝。她親眼目睹艾略特的處分，原本心想身為半個庶民且只是區區男爵家千金的自己，不知道會受到何種懲罰……不愧是至少還明白這點的雜草女孩。

「嗯。朕已經跟佛格森公爵談好，會讓妳暫時跟在他的千金身邊。」

與會者全都稍微思考了國王話中的意思片刻。

瑪格麗特吃驚地意會過來。

「那不就是指蕾切爾嗎？話說得好聽，但根本就是打算讓我變成蕾切爾的玩具嘛！」

「妳在說什麼啊，她似乎也有意好好指導妳禮儀喔。」

「這種說法聽起來就是順便的意思，主要還是當蕾切爾的玩具吧？」

國王嘆了口氣。

「也對……這種事或許應該明白說清楚比較好。」

「什麼啊？」

「嗯。關於艾略特闖的禍，只是懲罰了這傢伙也無法讓蕾切爾小姐消氣吧？因此只好請妳當祭品了。」

「這才不是說清楚就好的事呢！說起來，我可是未成年喔！無論是學習禮儀還是當祭品，都需要父母親的許可吧！媽媽不可能會同意這種事！」

聽了瑪格麗特的吶喊，國王給了個暗號。

「身為臣子的侍從，在此僭越了。」

蕾切爾的侍女蘇菲亞從牆邊走上前來。

「針對小姐學習禮儀一事，這裡已經取得波瓦森男爵以及男爵夫人的許可。」

「這怎麼可能！媽媽才不是會不懂箇中意義的笨蛋！」

那爸爸呢？

「是，這裡有作為證據交給在下的書信。」

蘇菲亞取出信封。

「呃～『給親愛的瑪格麗特，陛下已經告知要把妳送到佛格森公爵家學習禮儀的事，雖然很猶豫不知道該如何是好，我還是答應了。』」

「騙人！這是騙人的！」

「『因為只要在同意書簽名，他就會幫我包下現在這檔亞當大人主演的公演白金門票──豪華包廂座三天的位子啊。這不容錯過吧？那麼妳就努力學習禮儀吧。』……以上。」

原本氣得跳腳的瑪格麗特在聽完這番話後，變成用頭撞地板。

「既然拿出那種東西，她當然一定會同意啊！那可是亞當大人的演出耶！換作是我當然也會開心地賣掉兩三個女兒啊！話說回來，既然是把我賣掉而得到的票，應該是屬於我的權利才對啊——！至少其中的一天讓我去看啊——！」

「那麼，關於學習禮儀一事，妳了解了吧。」

「啊——！不過好討厭——！雖然明白理由但是超級不想去的——！」

瑪格麗特突然停下動作，瞥了蕾切爾一眼。蕾切爾露出堪稱前所未有的燦爛笑容，張開雙手。

「歡迎妳～！」

「我還是討厭啦——！」

韋瓦第親王「呼」地吐了口氣。

「這麼一來就結束了嗎？」

宰相似乎也鬆了口氣。

「是啊……」

「恩里克不會再被吃掉了嗎？」

「是啊。」

「猴子也不會再送蘋果給老夫了嗎？」

「是啊。」

兩人相擁，流下喜悅的淚水。

「……叔父大人發生了什麼事？」

畢竟報告書沒提到這麼詳細的事。

「嗯。這麼一來就以大團圓收場了。」

國王滿意地說道……這時感覺到身後有股氣息。

「羅伯特。」

「？」

國王轉頭一看……只見薩瑪榭特公爵夫人與馬爾伯祿伯爵夫人站在那裡。

「啊，姑母大人，抱歉回來後還沒去問候……」

「這種事無關緊要。」

薩瑪榭特公爵夫人如字面所述手持教鞭。

「羅伯特，關於這次你的判斷、指示與傳達能力上稍有問題一事，我有話想跟你到後面去談談。」

「不，姑母大人！這是有原因的……！」

「我有話要說，到後面去！」

公爵夫人揮了揮鞭子。

「還是說……你想在這裡脫下褲子？」

⚜

國王下達裁決之後，蕾切爾待在距離依然嘈雜的小廳較遠的窗邊看著……並露出虛幻的笑容守望人們。

毀婚一事，這麼一來就全部結束了嗎？

如果能因為現在的處分使事態恢復正常，那就告一段落了。之後的事就順其自然吧。

蕾切爾避免被嘈雜的眾人注意到，輕輕地轉身踏出一步。

這麼一來，我的任務也結束了。

所以……

蕾切爾靜靜地走出陽臺，同時維持臉上的笑容，一度回望謁見廳。

各位，我已經可以……前往心愛對象的身邊了吧？

「啊，真是的……欸，蕾切爾，別管他們，我們回家吧……蕾切爾？」

公爵對至今仍一團混亂的會場感到吃不消，打算回家而呼喚著女兒。蕾切爾睽違三個月才離開牢房，一定很想家吧。

……他原本是這麼想的。

「蕾切爾？」

但蕾切爾原本站著的地方已經空無一人……只有從開啟的大扇窗戶吹進來的風靜靜地拂動蕾絲窗簾。

「蕾切爾！」

「嗯嗯～～」

蕾切爾毫不回應父親的呼喚，看似幸福地翻了個身。

「喂，蕾切爾！給我起床！」

「嗯～～……難得我睡得正舒服，做什麼啊……」

「『做什麼』個頭！給我起床，蕾切爾！」

佛格森公爵用力搖晃鐵柵欄。

當大家都還亂成一團時，理應是話題核心人物的女兒卻不知何時離開，消失了蹤影。

眾人連忙尋找後……卻發現她回到牢裡熟睡了。這傢伙到底在想什麼？蕾切爾幸福的睡臉令人怒火中燒。

「事情明明已經解決了，妳為什麼又跑回地牢啊！快點出來！」

「我不要。」

「什麼……」

不肖女兒乾脆地蓋過父親的怒吼聲。

蕾切爾享受著床鋪柔滑的觸感，拉起棉被又窩進更深處。

「我現在正在不會受任何人阻撓的地方，過著與心愛的對象幽會的愉快生活。竟然來打擾，真是太不識趣了……」

「幽會？」

女兒說出的奇怪話語令公爵感到納悶，在他身旁的蘇菲亞則冷靜地詢問：

「小姐，您所謂心愛的對象……該不會是被窩吧？」

「沒錯～……我們兩情相悅喔……呼嚕……」

「什麼叫跟被窩兩情相悅，少說蠢話了，快點出來！」

「我沒說謊～」

從拉到頭頂處蓋住的棉被裡傳出模糊的聲音。

「我一開始睡的是懶骨頭……結果直到換了床鋪後，我才發現……啊，被窩睡起來真是舒服。」

「那當然嘍！這還用說嗎！」

「仔細想想……被窩從我出生起就一直溫暖地守護著我嘛。」

「因為那就是這種用途啊！」

「無論是我愛睏或悲傷時，被窩都沒有半句怨言地溫柔包覆著我……」

「它本來就不可能說半句話……」

蕾切爾無視於父親無力的吐槽，又翻了個身。

「因此，我在這三個月中又重新認識了被窩的重要性。現在可不是接受王妃教育的時候，請別打擾我享受這甜蜜的兩人時光。」

「總而言之，妳只是養成偷懶的習慣罷了吧！喂，蘇菲亞，妳也訓訓這個笨女兒啊！」

公爵這麼一說，蘇菲亞就看向床鋪。

「小姐，您幸福嗎？」

「嗯。」

「這樣啊，那真是太好了。」

蘇菲亞看著半空思考了一會兒……

決定放棄思考。

「妳認同什麼！還不快認真叫她起床！」

「小姐的喜悅就是我們的喜悅。」

「妳們這些傢伙看似能幹，但腦袋到底多廢啊！喂，蕾切爾，快起床！」

「呼嚕～」

公爵轉頭看向躲在身後遠處的獄卒。

「喂，快把這傢伙硬拖出來！把門打開！」

「是……」

聽了公爵的命令，獄卒搔了搔頭。

「這個嘛……」

「怎麼了？」

「小姐剛才回來時說，『今後鑰匙就交由內部管理』，並把鑰匙沒收了……」

「對於這點，你難道都不覺得奇怪嗎？哪裡有由囚犯管理鑰匙的牢房啊！」

「不，我雖然也覺得奇怪……」

獄卒以頓悟的表情看著遠方。

「但想說違抗小姐也是沒有意義的……」

「為什麼蕾切爾的周遭盡是這種人啊！」

公爵怒不可遏，這時有什麼拍了拍他的膝蓋。他低頭一看，只見女兒疼愛的猴子遞出了蘋果。

『這個給你，能看在我的面子上原諒她嗎？』

「蕾切爾的周遭到底是怎麼回事啊……？」

以吶喊的父親與周遭安撫他之人的嘈雜聲音為背景音樂，蕾切爾裹著溫暖的棉被，露出幸福的笑容陷入熟睡。

看來千金小姐的監獄慢活，暫時還會持續一段時間。

45【王子明白權力的極限】

定期於王都郊外的離宮舉辦的園遊會，對於與其他家族敘舊不感興趣的孩子們來說，是個無聊的活動。

一開始會被逼著在父母親身旁彬彬有禮地打招呼，但是在父母親開始密談起各種事情之後，孩子們通常就會被放置不管。因此孩子們也會自己聚集起來，享受在庭園裡探險或聊天的樂趣。如果大人有所謂的派系，孩子們也有自己的團體。

在這種情況下，以艾略特（六歲）為中心的團體可說是今天出席的孩子中最大的派系。畢竟艾略特可是第一王子，即使是孩子，也能明白他的身分特殊。此外，在艾略特周遭還有一群年紀已經足以理解艾略特立場的王族或有力貴族的年長組圍繞著他，其他貴族子弟自然也會對他表示敬意……這令艾略特感到得意洋洋，走路有風。

「殿下，怎麼樣，要不要去東邊森林探險呢？」

在從鋪石版地的派對區走到利用了自然地形的庭園後，跟在身後半步的侯爵家次子提議了今天的遊玩內容。

會場東側有座小森林……與其說是森林，正確來說是樹林，大約是一個大人花兩分鐘就能走完的範圍……不過卻是刺激男孩子們冒險心的好地方。

「嗯，這個嘛……」

當艾略特稍微沉思，並正要說「去吧」的時候……他發現一名擁有巧克力色頭髮的女孩子從眼前走過。

這名看起來與艾略特差不多大的女孩，由於年紀尚幼，身上穿著與其說是禮服，不如說是洋裝的連身裙。她的手裡拿著盤子，看起來像是正要去拿餐點。

這傢伙是怎樣！

艾略特很了不起。

因為他是「王子殿下」，所以很偉大。

而當艾略特帶著「家臣」走在路上時，這個女生竟然敢從自己面前走過去！

不對，艾略特認為如果是有急事也就罷了，但這傢伙只是要去取餐而已吧？

既然如此，不就應該停下腳步等艾略特等人通過，或是先鞠個躬後再走過去嗎？

「喂，妳啊！」

艾略特對那個已經背對自己的女孩子怒吼。

然後被無視了。

「喂，那邊的女生！妳有沒有聽見！」

女孩依然無視他逐漸遠去。她的態度令艾略特激動起來。周遭的人連忙叫住少女。

女孩子被人帶了回來，看起來心情很差。不過如果要比心情差，被她無視的艾略特也不會輸。

「喂，妳這傢伙！別人在叫妳時，怎麼可以無視呢！」

「真是失禮了，我沒有聽見。」

少女若無其事地回答，提起裙襬行禮。她的年紀看起來明明跟艾略特差不多，但無論是講話方式還是行禮的方式，都顯得十分成熟。

比艾略特看起來還像「大人」這點令人火大，這令他不知為何覺得自己被看扁了。

「妳這傢伙，王子叫妳『等一下』時，說句『沒聽見』就算了嗎？」

「就是啊，就是啊！」

「竟然沒看見殿下，真沒禮貌！」

馬屁精們也異口同聲地責罵少女。略顯不悅的少女再度低下了頭。

「真是非常抱歉，由於限定數量時間活動的櫻桃起司蛋糕開始發放，我一心只想著必須火速前往獲得蛋糕，所以腦中自動排除了優先序較低的無關資訊。」

「這……這樣啊……」

她以複雜的文句說明了原因，但艾略特只聽懂了櫻桃起司蛋糕。哎，那就算了。由於不想說出自己聽不懂，艾略特只好把話題轉往其他方向。

「唔……對了，也帶妳一起去冒險吧，妳應該感到榮幸。」

艾略特傲慢地表示要帶她一起參加不是「家臣」就無法參與的冒險。這麼一來，就算是自以為了不起的這傢伙，也會很感激地向自己致謝吧。

然而，少女卻完全不感到高興地拒絕了他的邀請。

「不用了。如剛才所說，我正急著要去領取櫻桃起司蛋糕，沒時間參與不緊急且不必要的事情。那麼，告辭。」

言詞雖然客氣，但聽起來完全沒有表示敬意。

對方的態度令艾略特愣住，懷疑起這到底是不是現實，接著就因為她傲慢不遜的態度而火大。

「妳這傢伙！我可是要讓妳隨我參與光榮的冒險之旅耶！」

「殿下路上請小心。由於我對於冒險（笑）完全沒有一丁點興趣，因此會一邊在甜點區品嚐美食，一邊替殿下祈禱武運昌隆的，再見。」

「冒險（笑）是什麼意思？……欸，聽人講話啊！」

無視於艾略特的追問，少女仍打算前往別處。儘管言詞恭敬，態度與回應內容卻完全否定了王子殿下，這名幼童正可說是「看似誠懇實則蔑視」態度的典範。

艾略特難以忍受。

雖然他原本也沒有在忍耐，但總之現在就是難以忍受這個傢伙！

「這……這傢伙！」

艾略特火冒三丈，忍不住朝那個背對自己的少女扔了石頭。

叩！

被石頭砸到後腦杓，少女停下了腳步。

「妳這傢伙竟敢對王子不禮貌！怎麼樣，知道厲害了吧！」

就在艾略特誇耀勝利的聲音與馬屁精們蘊含諂媚意味的歡呼聲中……少女默默地撫摸著被石頭砸到的地方。

如果這個女生不當面向自己道歉，他是不會善罷干休的。艾略特走近她，正打算抓住她的肩膀時……

叩！

少女從腳步聲掌握了艾略特的位置，一個轉身用手背用力揍向他的臉，把他打得飛了出去。

「嗚嘎啊啊啊啊啊啊！」

「殿下——！」

幾個跟著艾略特的馬屁精連忙跑向他，把他攙扶起來。而其他包圍著少女的人，雖然因為女童對王子施暴而有所提防，卻仍試圖以人海戰術壓制住她。

「這傢伙！……嗚哇啊啊啊啊啊！」

伯爵家的三男原本想抓住她的手臂，卻反被抓住手腕，並吃了個掃堂腿而翻了跟斗地跌倒。

「妳這傢伙，想開打嗎！……咕呼！」

侯爵家的長子原本想揍過去，卻在高舉雙手時被對方撲進懷裡，下巴吃了一記上鉤拳而癱倒。

「這傢伙是怎麼回事？」

「不妙，到底是怎樣！」

在討論男女生的體格差距之前……這名少女無論怎麼看都與六歲的艾略特差不多年紀，她揮出的拳頭卻極為有力。

「好痛，好痛，快住手！」

而且還極為凶殘，在少年們倒下後，還補踹了好幾腳給予決定性的一擊。

……這傢伙很不妙。

面對這個就像是在說下手過度(殺傷力過強)最棒，過於激進的少女，艾略特等人感覺就像遇上了某種來路不明的魔獸。

「可惡，擊潰這傢伙！」

被攙扶起身的艾略特摀著疼痛的鼻子，一邊含淚下令，馬屁精少年們就一起朝少女衝了過去……才怪。

老實說，他們已經抱著給對方一點慘痛教訓的打算，粗暴地出擊了……結果現在卻是已方有四五個人倒在地上，少女則是擺出戰鬥姿勢，不時揮著空拳。

該怎麼辦才好？

既然她看起來跟艾略特同年紀，就表示在場的少年大多都比她年長，身材也因為正值發育期而比她高了將近一個頭……然而卻完全想像不到出擊後能夠打贏對方的景象。

支撐艾略特背後的伯爵家次子看穿夥伴們的不知所措，於是喊道：

「喂，去叫大哥他們過來！請他們來好好訓一訓這個害殿下受傷的傢伙！」

「對喔！」

「原……原來如此。」

焦急的他們沒有想到「尋求援兵」這個選項，而且這聽起來是非常棒的一招。

由於彷彿看見了光明，原本圍著少女的少年們就像抓到了救命稻草般隨即採取了行動，跑回主會場去找年長組。

……於是，在場就只剩艾略特、伯爵家的次子，以及還倒在地上的幾個人了。

少女一邊扳響手指，一邊靠近愣住的伯爵家公子身旁。

「……竟然還特地減少人數……看來你相當有自信呢。」

「咦？奇怪？喂，來人啊……呼嘎啊啊啊啊！」

⚜

當不小心全部一起跑去求援，沒有受傷的少年們帶了三個年紀較大的孩子回來後……只見少女已經給予所有人致命一擊，正準備離開施暴現場。

「……嘖！」

看見援軍前來，少女明顯地咂了嘴。

「這……這傢伙——……！」

看見眼前的慘狀……尤其是必須保護的艾略特被打得傷痕累累，比起憤怒，最年長的少年更是產生了危機意識。

自己一行人明明是作為艾略特王子的護衛聚集於此，卻被區區一名少女打得落花流水，最重要的王子甚至還被打得遍體鱗傷……

而自己不在現場到底能當成藉口，還是會成為令大人更嚴厲責罵自己的原因呢……

少年對周遭的夥伴發號施令。

「可惡，把這傢伙揍到再也爬不起來！」

「可是史帝夫，圍毆女孩子……」

夥伴們至今仍猶豫不決地說著天真話語，令身為領袖的他朝眾人怒吼：

「殿下被打成這樣，你們以為我們不會受到懲罰嗎？管他是女生還是誰，如果不先揍扁這傢伙，逼她向殿下道歉，我們會被罵成什麼樣子……！」

他是這群人當中最成熟的。

甚至有能力考慮到自己的立場會多麼糟糕，就這點來說的確很成熟。

不過，實際的問題是，他也只是個十歲的孩子。

因此，他還沒有成熟到在說服夥伴的期間，還能同時提防周遭。

「可以吧，聽懂了沒？」

「史帝夫！」

「什麼事？」

「你背後！」

「……咦？」

史帝夫回過頭去，映入眼簾的是……不知何時接近自己的少女高舉起一根細長木棍的身影。

「格羅夫納被幹掉了！」

「嗚哇啊啊啊啊！」

少女用不知道從哪裡拿出來的木棍，痛擊年紀最大的少年。另外兩名年長組雖然試圖阻止，卻也一起被打倒在地，特地找來的援軍就此全滅。

人海戰術失敗，找年紀較大的人來支援也行不通。對方只是一個小女生，己方則有十幾個比她年長的男生，戰力上的差距明明這麼大，卻完全想像不出獲勝的景象。

「怎麼辦，該怎麼辦才好？」

雖然攙扶傷勢較輕的人起身，少年們卻無法踏出下一步。他們理應是圍繞在王子身邊的酷帥集團，卻暴露出缺乏判斷力的問題，化身為優柔寡斷的團體。

話雖如此，交談期間他們的視線從未離開少女身上這點，也可稱作有所成長吧。

被年長的侍從扶起，艾略特見狀咬牙切齒。

「為什麼會被區區的一個人給……」

看到身旁的人都厭倦出手的現況……艾略特靈光一閃。

「喂，所有人一起用石頭扔她！」

十幾個人一起用遠程武器對付一個女孩子。

不過，陷入走投無路的窘境時，人類往往會失去理智。

在艾略特的指示下，少年們抓起附近地面上的石頭扔了起來。

「！」

再怎麼說，少女似乎也無法抵抗投石，她後退拉開距離。艾略特這方見狀，更是乘勢拚命扔個不停。

「好，行得通！」

「贏定了！」

即使戰力上的差距令他們贏了也是丟臉，少年們仍未察覺這點而得意忘形……在他們面前的少女終於逃跑了。

「成功了！」

「把她逼上絕境，叫她跟王子低頭道歉！」

既然對方已經喪失戰意，只要把她逼得無路可逃，她就只能乖乖投降了。眾人這麼心想，拿著石頭追上去……卻發現女孩子爬上了樹。

要把石頭往上扔的難度很高，無論他們再怎麼扔，都丟不中少女。

他們原本以為已經把她逼上絕境，現在卻陷入進退維谷的狀況……

艾略特等人聚集在樹下仰望上方。少女或許是打算在樹枝上發動反擊，她可愛的臉蛋因不悅而皺起，怒瞪少年們。

他們開始商量善後對策。

「怎麼辦？石頭扔不到上頭啊。」

「就算在底下等，也不知道她會過多久才下來。」

真不想變成持久戰啊——正當眾人這麼想的時候……從上方傳來啪嘰的聲響。

「嗯？」

抬頭一看，只見少女正好垂掛在一根粗樹枝上，用力踢斷了她下方的樹枝。

眾人沒有時間感到奇怪，細枝就這樣掉落在他們正中央……從樹枝上直徑約二十公分的漂亮蜂窩裡，湧出大量蜜蜂一起展開攻勢。

「嗚哇啊！」

「救命啊！」

或許蜜蜂把待在蜂窩周遭的人類視為凶手……遭到攻擊的並非樹上的少女，而是艾略特等人。

牠們大發雷霆地攻擊每一個遇上的少年。少年慌張地往四面八方逃竄，而運氣差的人就被蜜蜂螫到，痛得哭喊。眼前景象猶如地獄畫卷。

艾略特勉強逃離了現場，坐在池畔。情況發展過快，導致他搞不清楚自己現在身在何處，也不知道大家現在怎麼樣了。

「我……我還以為死定了……」

他已經沒有力氣站起來了……這時，一道影子出現在他面前。

「嗚哇！」

精疲力盡的艾略特緩緩抬起頭一看……只見原本爬上樹逃跑的少女就在那裡。少女抬起了腿。

「咦？……咕呃！」

艾略特被踢中胸口而倒地，他試圖起身，臀部卻又被踹了一腳。他再次翻滾，匍匐在地時，臀部再次被踹，讓他頭下腳上地栽進池塘裡。

「嗚啵嗶啵欸姆叭呸叭叭！」

誰來救救我啊！——他原本打算這麼叫喊的聲音化為泡沫，被髒水吞沒。

在綠色的池水裡，艾略特連自己的頭是朝上還是朝下都分不清楚。即使拚命掙扎，池水還是一直湧入口鼻。他不由得吐出氣息，取而代之的是灌進嘴裡的水淹滿喉嚨，艾略特連聲音都發不出來，只能胡亂掙扎。

（不行了……）

就在他這麼想的瞬間。

在艾略特看見死神時，頭部剛好蹦出水面。

「噗呼！」

原本一片綠色的模糊視野突然變得清晰，在明亮的陽光下，他的雙眼又重見光明。原本因為亂動差點滅頂的艾略特，頭湊巧浮出水面。

「咳咳！咕嗚！來……來人啊！」

由於臉浮出水面，讓艾略特再次呼吸到渴望的空氣。他在將空氣吸滿肺部並吐出池水的期間，用鼻子塞住的聲音求救。

他一邊掙扎一邊確認，發現自己離岸邊很遠。似乎是自己在水裡掙扎的期間大大地遠離了岸邊，看在孩子的眼裡，少女站著的池畔距離相當遙遠。

艾略特啪噠啪噠地動著手腳，勉強試著往陸地移動。他所穿的襯衫及外衣袖子黏著自己，手非常難划動。

即使如此，他還是勉強開始朝岸邊移動。這時候——

叩！

艾略特的視野一瞬間搖晃，理解有什麼東西撞到自己的同時，被擊中的額頭發燙。

「咦？什麼？」

艾略特搞不清楚剛才發生了什麼事。

即使如此，他還是再次划水，試圖朝岸邊前進。而答案在幾秒鐘後飛了過來。

在岸上的少女揮動了手臂後，緊接著又有小石頭擊中了他的頭部。少女正在扔石頭妨礙艾略特靠近岸邊。

「嗚……嗚哇啊啊啊啊啊！」

如果艾略特往池塘中央逃，少女就會放過他，但只要他稍微往陸地前進，石頭又會再次飛來。她的投擲技巧相當精湛，準確無誤地擊中艾略特。

「噫……噫～～～～～～～～～！」

束手無策。他無法選擇放棄上岸，但即使想待在池裡，六歲的艾略特腳搆不著池底。

就在他拚命掙扎著讓自己浮在水面時，艾略特的馬屁精們也模樣悽慘地聚集到在岸邊的

少女身旁。他們似乎頻頻懇求少女救救艾略特，但少女完全無視周遭的請求。她一邊把玩小石頭一邊默默凝視著艾略特。

艾略特從遠處看見連大人們都衝過來後，就逐漸失去了意識。

⚜

池塘周遭化為悽慘哀號的慘烈事件現場。

在女僕們替遍體鱗傷的少年處理傷口時，幾名侍從跳進池裡營救快要滅頂的王子。雖然似乎沒有人受重傷，但所有人都需要治療及觀察情況，因此把並未值班的王宮御醫也全部召集了過來。

國王與王妃接獲緊急通報而抵達現場，看著這猶如戰場的慘況，一邊聽取報告。

「……如果唯一保持冷靜的佛格森公爵家蕾切爾小姐的話可信，以上就是整起事情的經過。」

「……嗯。」

雖說在場的人全是對事情缺乏判斷能力的幼童，但因為千金小姐碰巧有失禮數，對王子不禮貌，十幾個人就聯手試圖逼她屈服，這點也令人難以置信……不過所有人全被唯一一個對手反擊，差點慘遭全滅，甚至害得理應受保護的王子差點被殺……

這件事已經不是稍微教育失敗就說得過去的等級了，無論是艾略特的團體，還是少女。國王為了該如何拿捏而頭痛了起來。

臉色發青的佛格森公爵在池畔摟住處於事件中心的千金。據說無論侍從再怎麼說服，她都不肯停止朝艾略特扔石頭，於是作父親的只好強行抱住她。

宛如洋娃娃的可愛美少女面無表情，或許是因為被人抱著，看起來就像是個真正的洋娃娃……不過，她的眼眸中明顯蘊含著怒氣與殺意，令國王兀自背脊一顫。

當公爵開始向國王謝罪與辯解時，千金在他懷裡一臉鎮定。國王看著她的臉。

「妳叫蕾切爾嗎？可以跟妳講幾句話嗎？」

聽見名為確認的命令，佛格森家的長女歪了歪頭。

「陛下，您會講很久嗎？」

「嗯？為什麼這麼問？」

國王溫柔地反問，六歲的公爵千金就極為認真地回答：

「因為櫻桃起司蛋糕快發完了，能否至少讓我去領一塊再說？」

侍從在國王的指示下跑去替她保留蛋糕。

就連國王也不免有些目瞪口呆，只有在他身旁的王妃點了點頭。

「陛下。」

「什麼事？」

「蕾切爾小姐真是了不起。」

「哎……這點我無法否認……」

過於往錯誤方向發展的了不起就令人不敢恭維了——國王這麼想。

「決定了，我要讓蕾切爾當艾略特的妻子。」

王妃就像想到了一個好主意般斷言。

……她為什麼會在這種情況下冒出這種話來？繼公爵家的女童後，他也無法理解自己妻子的想法。

國王下意識反問：

「……當真？」

「非常認真喔。明明做出這種驚人之舉，卻還能如此冷靜而客觀地說明狀況。這可是常人所辦不到的。」

「是這樣沒錯……但難道不是因為她還太小，搞不懂自己做了什麼事嗎？」

王妃詢問蕾切爾：

「蕾切爾，對於害艾略特受傷的事，妳是怎麼想的？」

「我會被判死刑吧。所以希望至少在被砍頭之前能品嚐到櫻桃起司蛋糕。」

「如何，陛下？自己明明可能會被判處極刑，她卻冷靜到這種地步，膽識過人！」

「比起這個，朕反而更在意起蕾切爾小姐如此堅持想吃到的櫻桃起司蛋糕了。」

⚜

當艾略特從昏迷中醒來後，已經不記得園遊會的事情了。

正確來說，他記得園遊會發生的事，但關於事件的記憶變得零碎，就像作了一場夢。

王妃認為這反倒是好事，並未把蕾切爾就是給予他嚴加痛擊的凶手一事告訴艾略特，而是說明這是新替他決定的未婚妻。艾略特雖然對於這個突然的決定感到納悶，但結婚畢竟是至少十年以後的事情，對現在的他來說似乎無關緊要。

「因此！已經獲得艾略特的同意，園遊會的事就此一筆勾消，把女兒交出來吧。」

「這太亂來了！」

國王在排除了外圍障礙後前來提親，公爵雖然提出抗議，但也不可能真的抵抗國王與王妃決定的事。更何況，如果能因此讓女兒對王子施暴之事一筆勾消……以被免除罪責的公爵家立場來說，更是不可能反對。

「有什麼關係嘛。反正她還沒決定好婚事吧？」

「是這樣沒錯……但真的好嗎？」

「什麼意思？」

公爵嘆了口氣，拿手帕擦了擦臉。

「你現在要迎娶的可是做出那種事的我們家女兒喔。」

「……」

經他這麼一說……不不不，國王搖了搖頭甩去念頭。

「哎……哎……是啊，反正那種事件不會再發生第二次了，嗯。」

「但願如此……」

而兩人引發了影響遠大於此的事件，是十幾年後的事了。

46【啟程之日，以及全新的每一天】

天氣晴朗無雲，可說是最適合啟程的清爽早晨。

……不過，換作是迎向被左遷的未來而離開王都，則夾雜了些許淒涼感。

今天是前王太子艾略特前往利夫連領地赴任的出發之日。

「真是的……一想到就連這平凡無奇的景色，下次都不知道何時才能再看見，就不禁感慨萬千啊。」

艾略特在上車處旁眺望著庭園的樹木。前來送行的喬治擦了擦眼淚。

「四個月前……完全料想不到事情竟然會變成這樣……」

「哈哈，別哭別哭。以在宮廷戰爭中落敗來說，這算是最溫和的下場啦。」

不過以艾略特的情況來說，這還稱不上是權力鬥爭就是了。

「不過喬治，你來送行沒問題嗎？你的立場也很危險吧？」

竟然前來替幾乎等同被流放的人送行，這對留下的人而言，立場上也是相當危險的。無論在哪個時代，對戰敗者表現關懷都是很危險的行為。

「是，感謝您的關心。不過我姑且獲得了亞歷山德拉的同意……」

「……這樣啊。這算是她的體貼方式嗎？」

「她還託我轉交餞別禮。呃……可以在路上看的故事書、在路上買零食的零錢、可以在馬車裡打發時間的騎士模型……」

「那個混帳，是把我當作幼童嗎……」

收起艾略特拒絕接受的亞歷山德拉準備的餞別禮，喬治又取出另一個袋子。

「還有……老實說，我不知道該不該拿出這個……」

「什麼？」

「她還把這個一起交給我……似乎是姊姊轉交的餞別禮。」

「……蕾切爾的……？」

兩人懷疑地看著那個可疑的袋子。

「我可以打賭，裡面絕對沒放什麼好東西。」

「……是啊，我也很煩惱該不該帶來……」

兩人面面相覷，接著緩緩打開袋子。確認沒有東西跳出來後，他們把裡面的物品一個個拿出來確認。

「藥品……？」

「是藥品呢。」

裝在袋裡的有暈車藥、創傷藥、繃帶、止血藥草、防止化膿的藥物、脫脂棉、三角巾、止痛藥，還有……

「外傷用藥會不會太多了？」

「畢竟是那個人送的，我認為理由應該沒什麼好事……」

最後還放了一張留言卡片。

『加油！』

「……真是難以理解究竟隱藏了什麼意圖的訊息啊。」

「是在伯爵領地有什麼等著呢，還是在其他地方會有問題呢……」

回過神來，距離喬治抵達已經過了相當長的時間了。

自己不能一直在蕾切爾那要怎麼解釋都行的訊息上鑽牛角尖。

「那麼，喬治，再見啦。等我安頓好之後，歡迎你過來玩。」

「是，殿下也請多保重……」

艾略特扔下又開始吸鼻子的喬治不管，坐上了馬車。

負責護衛的騎士在上車的同時，對車伕下達出發的指示。車伕將車門上鎖後，就坐到駕駛座上。

喬治一個勁兒地揮著手時，艾略特的馬車就逐漸朝正門的方向消失了。

「……不曉得下次什麼時候才能見到面啊……」

喬治轉身朝政廳的方向邁出步伐……走了幾步後就停了下來。

「等等……他剛才是不是從外側把車門反鎖了？」

離開王宮的馬車橫越城市，駛向公路。從車窗望去只見郊外的遼闊草原後，這才湧上了離開王都的實際感受。

「……已經來到這麼遠的地方啦。」

艾略特感慨萬千地低語……

「終於到這一帶來啦。」

而擔任護衛的騎士一邊取下壓低的帽子，一邊蓋過他悠哉的心得感想。

「？」

對方的態度過於失禮，令艾略特緊盯著護衛騎士，結果……

「瑪蒂娜！」

那是幾天前才在地牢前側房間拷問了艾略特一整晚的女騎士。

「什麼？妳不是負責護衛的部署吧？為什麼會在這裡……」

嘿嘿笑著的瑪蒂娜用失去光彩的眼眸微笑。

「嗯？我要回去的城寨正好也是相同的方向，前往利夫連領地只要稍微繞點路，所以我就順便接下護衛任務了。」

然後她臉上依然掛著微笑……以熟悉到不能再熟悉的桌腳啪啪地拍著手掌。

「畢竟上次詢問殿下與賽克斯之間的關係時……只有一個晚上的時間，所以不覺得有些虎頭蛇尾嗎？我想要有足夠的時間慢慢詢問……就請人跟我交換護衛的工作了。」

艾略特緊抓住門把，拚命又拉又推……但車門文風不動。

「喂，車伕！事態緊急，快開門啊！」

雖然他一邊大喊一邊對門又敲又踹的，但無論怎麼做對方都沒有反應。

「從這裡到殿下的領地大約要三天的時間……我已經拜託車伕馬不停蹄地前進了，不會有人來妨礙喔。如果是普通車伕就無法這樣請求，所以這次是請蕾切爾指派的人手呢。」

「可惡，原來剛才的藥品是這個的預告嗎！」

艾略特眼眶泛淚地試圖撬開車門，這時瑪蒂娜輕輕地按住他的肩膀。

「殿下……上次因為只有一個晚上，所以只能詢問一本份的『故事』，今天可要請您澈底交代真相喔。」

瑪蒂娜把書一本一本地堆到座位上。

「瞧，我為了跟殿下確認內容，到最新一集為止全都買下來嘍。」

然後她逼近打著哆嗦的前王子的臉，從極近距離看著他，咧嘴一笑。

「呵呵呵……接下來這三天就請多指教嘍。」

⚜

被公爵交代要設法把蕾切爾從地牢拖出來，勉強接下任務的蘇菲亞來到牢房。

「小姐，老爺表示您真的差不多該出來了。」

「嗯，我明白。不過我發現了一件糟糕的事。」

「請問是什麼事呢？」

蕾切爾一臉認真地斷言：

「我相當適合這種生活方式。」

蘇菲亞稍微看著半空一會兒。

「那真是太好了。」

「一點也不好！蕾切爾，別說蠢話了，快點給我出來！」

公爵從後方蓋過她的話，蘇菲亞不滿地向他抗議。
「老爺……既然您要親自過來，能否請別把我也捲進來？」
公爵愁眉苦臉地看著態度略顯高傲的侍女，指向牢房的方向。
「因為妳最了解蕾切爾啊！快想想辦法逼她出來！」
「就算您這麼說……那麼，我只好使出殺手鐧了。」
雖然希望他們別把自己夾在中間，但身為受雇於人的立場，也不能說得太強硬。蘇菲亞嘆了口氣，拍了拍手，兩名女僕就一起扛著一份巨大的行李走進來。
「？」
在蕾切爾注視下，女僕將行李放到地上，拆開外袋，順便取下了摀嘴布。
「噗呼啊！」
「哎呀，是沙·包小姐！妳來啦！」
從行李中現身的，正是蕾切爾最喜歡，揍起來手感很好的那個人。
蕾切爾開心地叫道，當事人卻不爽地怒吼回去。
「就說了，別叫我沙包！看了還不懂嗎？我不是自己過來，是被綁架來的！妳們為什麼不把人綁起來就無法搬運啊！」
「不，這是特殊待遇。」
蘇菲亞泰然自若地回應，而蕾切爾以天真無邪的笑容接了話。

「受到特殊待遇真是太好了呢。」

「是不好吧？妳們家還真是澈底瞧不起人啊！」

被用草蓆捲起的瑪格麗特邊亂吼亂叫邊彈跳著。蘇菲亞與其他女僕三人一起把她吊在天花板上。

「喂，快住手！妳們想做什麼？」

無視於瑪格麗特的激烈抗議，蘇菲亞向抓著鐵柵欄看著吊掛過程的蕾切爾鞠躬。

「小姐，請看。沙・包小姐已經準備萬全，一心期盼小姐前來毆打喔。」

「哎呀！」

「妳說誰準備萬全啦！硬是把人吊起來的傢伙，少說那種爛話了！」

「小姐，如何？您還沒試過用手掌，也沒試過用拳頭吧？」

「唔嗯——被妳這麼一說，還真是難以抗拒……」

「聽別人講話！」

明明身為話題中心，瑪格麗特小姐卻像是透明人一樣。

眼見蕾切爾難以抉擇，蘇菲亞又拍了拍手。

「此外，今天還為了替小姐講評，特地請了這幾位過來。」

「這……幾位？」

配合蘇菲亞的暗號，第三名女僕帶進來的人是……

「是薩瑪榭特公爵夫人與馬爾伯祿伯爵夫人。」

「哇啊啊啊啊啊啊啊！」

蕾切爾發出慘叫，鑽進被窩裡。

「臭老太婆——！」

瑪格麗特則大吼著彈跳起來。

「哎呀，嘴真刻薄。說到底，身為淑女，不准毫無理由地大聲叫嚷！」

「妳們的臉就是十足的理由啦——！」

蘇菲亞請兩名高貴的老夫人來到瑪格麗特身旁。

「小姐，我今天請到兩名有經驗的人過來……為您講述沙．包小姐的魅力。」

「哎呀。」

「別設計那種無聊的企畫——！」

馬爾伯祿伯爵夫人向鞠了一躬的蘇菲亞點頭致意後，在興奮不已的蕾切爾面前掀起了瑪格麗特的裙子。

公爵詢問蘇菲亞：

「我大概想像得到妳要做什麼了，我是不是別待在這裡比較好？」

「我想應該無妨，不過您若是在此欣賞，我就會向夫人稟報『老爺對比小姐還年輕的臀部十分感興趣』。」

公爵走了出去。

「蕾切爾小姐，請聽好。這位沙・包男爵千金的……」

「妳是教育指導吧？至少也該好好記住別人的名字！」

「魅力首推這份彈性！」

「喂，別無視我！妳明明知道我的名字叫瑪格麗特・波瓦森！」

「在吹彈可破的肌膚底下Q彈有勁的臀肉，內部令人憎惡的彈性，最後則確實具有堅韌的內核……只要一度拍打，品嘗過這觸感後，相信妳一定會上癮！」

「呼喔喔喔喔！」

「蕾切爾，妳這傢伙也一樣，因為剛才的說明在興奮什麼！」

蘇菲亞掀起瑪格麗特的褲子。

「那麼，就請薩瑪榭特公爵夫人來試試看這一帶吧。公爵夫人，有請。」

「好的。那麼，雖然冒昧，就由我來……」

「喂，老太婆，妳所謂教育指導（懲罰）的場面話已經蕩然無存嘍！」

薩瑪榭特公爵夫人調整好姿勢，刻意脫下手套後舉起右手……

唰啪！

「好痛——————！」

老夫人仔細端詳自己剛打過少女臀部的右手，露出宛如作夢少女的表情，吐出溫熱的氣息。

「……啊，真是太棒了。我在六十餘年的教育人生中打過無數臀部……但沙‧包小姐的臀部可說是空前絕後！教養什麼都無關緊要了，這絕佳的觸感甚至令我只想一整天打它！」

「喂，空前絕後的臀部是什麼意思？我的屁股才不是玩具！」

「我前幾天為什麼要用拖鞋來打呢！這臀部就是要用手來打才有滋味！即使我打個不停，把手都打殘了，只要是這個臀部，我這一生就毫無遺憾了！」

「應該是根本只有遺憾吧！妳的人生有那麼廉價嗎？為什麼打個屁股會有那麼深的感慨啊！」

以兀自陶醉其中的公爵夫人、加以反駁的瑪格麗特，以及心癢難耐地期待輪到自己的伯爵大人為背景，蘇菲亞對蕾切爾開口：

「如何，小姐，只要現在出來的話，您就能打到這個臀部嘍。」

「嗚咕……」

現在就想立刻去打沙包的心情與不想走出牢房的心情相互拉鋸……令蕾切爾不發一語地滿臉痛苦。蘇菲亞順勢進一步勸說：

「如果小姐不要的話……我就把她讓給公爵夫人嘍？」

「啊！我要！我要啦！雖然要……啊嗚嗚嗚……」

蕾切爾蹲下來煩惱。

蕾切爾放棄牢房生活（慢活）的日子搞不好近了……

蘇菲亞小聲向蓑蛾狀態下的瑪格麗特低語：

「如果小姐能因此離開牢房，可是妳的功勞喔。」

「那種事根本無關緊要！快想辦法處理一下這群腦子有病的傢伙！」

「這點恕我無能為力。」

⚜

坐在陽臺上的雷蒙德，把一口也沒喝的茶擺在前方，只是一味地望著天空。這時，侍從匆忙地跑了過來。

「殿下！」

「哦，收到蕾切爾姊姊的回覆了嗎？」

雷蒙德在三天前送了一封信給地牢裡的蕾切爾請求會面，不過至今仍未收到回覆。

由於已經決定蕾切爾的對象是自己，於是他條列寫出自己的心意，試著請求與她單獨見面……但她是不是因為對象突然從艾略特換成自己而感到不知所措呢？

為了好好地向蕾切爾求婚，雷蒙德也已經準備好了戒指。雖然是配合她修改現成的戒指，但她應該能感受到自己的心意才對。

就在引頸期盼好消息的雷蒙德正準備伸手接過回信時……卻發現走到自己身旁的侍從手裡什麼也沒有。

「怎……怎麼了？」

雷蒙德看著他的手邊詢問，侍從尷尬地報告：

「殿下……那個，關於送給蕾切爾小姐的書信……」

「嗯？」

「委託轉交的女僕剛剛才發現她把書信忘在廚房裡……殿下！」

聽到回答，雷蒙德搖搖晃晃地倒下，從椅子上摔了下來。

侍從連忙扶起他。

「殿下，請您振作！」

「呵……呵呵……我懷著一日三秋的心情持續等待回信……原本想說怎麼等這麼久都沒

回……」

「非常抱歉！對於此番大失態，忘記您吩咐的女僕會……」

「嗯……給她獎勵！」

「立刻負起責任……啊？您剛才說什麼……？」

「呵呵呵……我一生難得一次的訊息不僅沒有獲得回音，甚至根本就被遺忘了……這還是我頭一次遇到這麼驚人的放置ＰＬＡＹ！」

這個國家的未來真的沒問題嗎——侍從感到不安。

⚜

「瑪蒂娜，快住手，我真的什麼也不知道！這本書的內容是胡謅的，要我說多少次妳才會相信？」

「哈哈哈，真討厭，殿下，俗話說『無風不起浪』嘛。」

⚜

「好了，小姐，這樣下去，沙．包小姐就會被夫人們玩壞喔。」
「啊嗯，怎麼這樣……等等，狡猾，太狡猾了！」
「噫嘎啊啊啊啊啊啊！」
「難以抗拒！這個觸感……嗯，實在令人難以抗拒！」
「這臀部既圓潤又不黏膩……啊，真是舉世無雙的臀部啊！」

⚜

「請問，我們也不要正常地伺候服侍殿下您比較好嗎……？」
「蠢貨，就是因為被漂亮姊姊冷落才好啊。男人是不行的。」

⚜

公爵離開地牢，在後院佇足，仰望天空。
「一開始只是那個笨蛋毀婚的事件……為什麼會演變成這樣的騷動啊……」
公爵感覺到有什麼在輕拍自己的膝蓋，低頭一看，只見蕾切爾飼養的猴子抱著威士忌酒瓶，並朝他遞出玻璃杯。

『煩惱也沒有用啦，來喝一杯吧。』

「……竟然被猴子安慰……話說，小猴子，那是被蕾切爾帶來的我的收藏吧……」

『那又怎樣？』

猴子不曉得他在介意什麼而歪了歪頭，公爵將視線從牠身上移開，再次抬頭仰望天空。

晴朗無雲的天空總是一言不發地俯瞰著在地面上熙熙攘攘的人類。

這彷彿將人類渺小的煩惱一笑置之的天氣，令公爵不知為何自然而然地嘆了口氣。

「啊……今天的天空也很藍啊……」

後記

非常感謝您在購買了上集後，也接著買了下集。

蕾切爾與她愉快的夥伴們的故事就此結束了，希望各位直到最後都覺得他們吵吵鬧鬧的模樣很有趣。

常言道角色是作者的分身，不過這部作品裡的登場人物盡是些極有個性的角色，老實說令我不想這麼認定。

蕾切爾不僅出生於有錢有權的公爵家，腦子也轉得很快，無論是哪方面都無懈可擊。從這部故事來看，會感覺到她總是活用自己的長處，不過另一方面也很及時享樂。正因如此，她才總是不在暗中解決問題，反倒加以利用，藉此在牢房裡享受尼特生活。雖能洞察先機，卻從不考慮未來；雖然擁有一切，卻沒有想做的事，而且可說是樣樣通樣樣鬆。也因此令她的部下既焦急又擔心，也常常目瞪口呆。

而艾略特則相反，以為自己無所不能卻一無是處；雖擁有夢想與自尊，卻從不正視自己未能獲得周遭正面評價的現實。與蕾切爾是相反的類型，不過同屬讓我不想認定為自己分身的角色。老實說，如果蕾切爾與艾略特能夠兩情相悅，或許可說是互補型的最佳情侶……可惜他們互看不順眼。

瑪格麗特則是空有幹勁，方法論則是半吊子；雖然並非白忙一場，卻也無法跨越阻擋在前方的障壁；找到了一個成功方程式而努力，卻沒發現單靠如此無法解決所有問題。

喬治、賽克斯、波蘭斯基（名字直到最後都沒有出現啊……），以及其他「艾略特們」的夥伴。

以海利、蘇菲亞、莉莎、梅雅為首的闇夜黑貓成員。

國王陛下、公爵爸爸、親王、宰相、騎士團長等王宮裡的人們，當然還有獄卒。

角色眾多，不過我所撰寫的登場人物，從主角到路人都有某處少了根螺絲，並非完美的人。我總覺得正因為現實中沒有那樣的人，即使是在創作的世界裡，完美超人也顯得不太有真實感……而且由於角色的行動模式不脫作者想像得到的範疇，這些略少根筋的角色或許的確可說是我的分身。

我在上集的後記也提過，偶爾會發生「角色栩栩如生，會自己動起來」的情況。

我在撰寫小說時，故事會在腦中以片段的動畫形式浮現，我則是將內容記錄成文章——是以這樣的方式執筆，將圖畫轉為文字並串起場景。

所以當要將浮現在腦中的形象轉化為言語時，也會遭遇詞彙能力不足、不知該如何表現等問題而碰壁。苦惱於轉換方式，無法繼續寫，沒辦法順利串起場景而成不了故事，或是根本浮現不出任何景象，這是讓我停筆的原因。

然而《從毀婚開始的反派千金監獄慢活人生》的情況正好相反，反而是眾多景象接二連三湧現，我甚至來不及將點子記錄下來，十分累人；也曾發生想採用的場景重疊，不知道該用哪個好而大傷腦筋的情況。

我猜在深夜時分精神亢奮的狀態下思考這一點也造成了影響，不過總感覺角色就是如此自然融入，並自行創造出高潮迭起的場景給我看。

像這類作品，在實際撰寫文章時也有如行雲流水。覺得不感興趣時，串連場景總會動不動就寫出例行公事般毫無趣味，只是硬擠出來的文句；反之，遇到像這次非常想往下寫的作品……敲打鍵盤的同時，腦中就會自然浮現「如果在這裡放進這句話，似乎會很有意思」的字句。敘事句中的小哏多半是在這種心理狀況下自然誕生的。

這樣看來，只能認為《監獄慢活人生》是超越我的想法範疇，奇蹟似的以現在的形式完成的作品。其中有一半是角色擅自動起來所創作出來的……我甚至有這種感覺。

這麼一想，無論是作品獲得好評或是出版成書，都是託角色的福嘍？

蕾切爾等人的登場就此告一段落，不過他們在作品世界裡的每一天仍會持續下去。倘若這個故事在並未撰寫成文章的日後仍有後續……希望無論是蕾切爾這一方還是艾略特這一方，所有略少根筋，令人難以憎惡的角色都能夠迎向幸福的未來。

而我也祈禱自己能在新作品中再次獲得美好的角色……並將這個故事在此擱筆。

非常感謝各位陪伴了蕾切爾等人兩集的時光。

對了，艾略特雖然在連載中被稱作「愚蠢至極的王子」……不過放眼望去，作者認為以毀婚類型的作品來說，艾略特沒有特別愚蠢。或許只是其他作品中並沒有若是打了左臉頰，就會將右手拿的狼牙棒盡全力朝你揮來的反派千金罷了……

感到有些寂寞的　山崎　響

著 山崎 響 *Hibiki Yamazaki*

從學生時代起就喜歡獨自旅行，經常因為旅行與工作到處走。私人行程基本上會搭在來線（註：相對於新幹線的舊國鐵路線），甚至會花十七個小時半才抵達目的地。不過也很羨慕速度快、椅子也舒適的新幹線；工作行程則多為開車，因此深受無法在移動中休息所苦。

畫 鍋島テツヒロ *Tetsuhiro Nabeshima*

最近得知只要將蛋白與蛋黃分開，將蛋白打發後再混合攪拌去烤，就能烤出鬆軟的鬆餅，因此立刻嘗試了。雖然烤出來的確十分鬆軟美味，不過要將蛋白打發的話手會非常瘦，最近最想要的東西是手持式攪拌棒。

里亞德錄大地 1~2 待續

Kadokawa Fantastic Novels

作者：Ceez　插畫：てんまそ

葵娜與商隊來到黑魯修沛盧的王都，
並遇見了自稱她孫子的妖精──？

少女「各務桂菜」──葵娜透過與善良的人們及自己在遊戲裡創造出的小孩邂逅、交流，漸漸接受了現實世界「里亞德錄」。她一邊學習一般常識一邊與商隊同行，來到北國黑魯修沛盧的王都，並在這裡遇見自稱「葵娜的孫子」的妖精──？

各 **NT$250~260/HK$83~87**

國家圖書館出版品預行編目資料

從毀婚開始的反派千金監獄慢活人生 / 山崎響作；
YUIKO譯
-- 初版 -- 臺北市：臺灣角川, 2020.09
冊；　公分 -- (Kadokawa fantastic novels)
譯自：婚約破棄から始まる悪役令嬢の監獄スローライフ
ISBN 978-957-743-971-0(上冊：平裝). --
ISBN 978-957-743-972-7(下冊：平裝)

861.57　　　　109010213

Kadokawa
Fantastic
Novels

從毀婚開始的反派千金監獄慢活人生 下（完）

（原著名：婚約破棄から始まる悪役令嬢の監獄スローライフ 下）

2020年9月14日　初版第1刷發行

作　者：山崎響
插　畫：鍋島テツヒロ
譯　者：YUIKO

發行人：岩崎剛人
總編輯：蔡佩芬
編　輯：孫千棻
設計指導：陳晞叡
印　務：李明修（主任）、張加恩（主任）、張凱棋

發行所：台灣角川股份有限公司
地　址：105台北市光復北路11巷44號5樓
電　話：（02）2747-2433
傳　真：（02）2747-2558
網　址：http://www.kadokawa.com.tw
劃撥帳戶：台灣角川股份有限公司
劃撥帳號：19487412
法律顧問：有澤法律事務所
製　版：巨茂科技印刷有限公司
ISBN：978-957-743-972-7